書下ろし

うるほひ指南

睦月影郎

祥伝社文庫

目次

第一章　美しき兄嫁の熱き蜜汁

一

(ああ……、いけない。もう二度とするまいと誓ったのに……)

祐二郎《ゆうじろう》は、雪絵《ゆきえ》を思いながら悶々《もんもん》としていた。

すでに彼の寝床には、雪絵の襦袢《じゅばん》と腰巻、足袋《たび》が置かれている。それらを嗅ぎ、狂おしく一物をしごくことを覚えてしまったら、もういくら自分に禁じても、言いようのない淫気に身体が勝手に行動を起こしてしまうのだった。

ここは番町《ばんちょう》にある御家人屋敷、山葉《やまは》祐二郎は十八歳の部屋住みだった。

父は、元小普請方吟味役《こぶしんがたぎんみやく》で、家は五十石。今は二十三歳になる兄の洋之進《ようのしん》が役職を継ぎ、昨年には同い年の雪絵を娶《めと》った。

むろん扶持《ふち》だけで一家五人はとても食ってゆかれないので、隠居した父が庭で菊の栽培をして、幾ばくかの収入にしていた。

祐二郎は、亡くなった祖父が隠居所に使っていた離れで寝起きし、午前中は弁当を持って学問所へ行き、昼過ぎからは苦手な剣術道場に通い、八つ半（午後三時頃）に帰宅し、夕刻まで部屋で書物に没頭するという毎日を送っていた。

学問は好きだし優秀な方だが、何しろ剣術など荒っぽいことは苦手で、身体も小柄で色白だった。

まあ、それでも勝手に道場を休むわけにもいかないので、そこそこには剣が遣えるようになっているが、道場には何しろ役職に就けない旗本の次男三男が多く、欲求不満からいいように苛《いじ》められた。

早く適当な養子先でも見つかれば良いのだが、まだめぼしい相手はおらず、その日まではこうした日常が続くのである。

雪絵は、ほぼ同格の御家人の娘を父が選んできた。

瓜実顔《うりざねがお》で色白、ほっそりした体つきに切れ長の目元が涼しく、風采《ふうさい》の上がらぬ兄に嫁すのは勿体《もったい》ないほどの美女だった。

以前は薙刀《なぎなた》を良くしていただけあり立ち振る舞いにも隙《すき》が無く、控えめな中にも凜《りん》とした雰囲気があったが、一年経っても懐妊の兆《きざ》しはなく、父母からまだかまだかとせがまれて肩身が狭そうだった。

祐二郎は昨年から手すさびを覚え、その快感に魅せられてからは夜毎《よごと》に熱い精汁を放つのが習慣になってしまっていた。そして快楽の中で思うのが、最も身近な女である雪絵だったのである。

雪絵に関しては、様々な妄想が湧いた。兄の洋之進が急死したら、自分が跡継ぎになって雪絵を貰《もら》えるのではないか、あるいは彼女が淫気旺盛《おうせい》で、自分に手を出してくれないかなどと夜毎に思ってしまった。

そして、いけないと思いつつ、祐二郎はまず雪絵の肌襦袢を手にして裏返し、その胸元に顔を埋め込んだ。

秋とはいえまだ暑い日もあり、柔らかな繊維の隅々には甘ったるい汗の匂いが濃厚に沁《し》み付いていた。さらに腋《わき》の下に鼻を埋めると、胸の奥まで溶けてしまいそうな芳香が感じられた。

祐二郎は、まるで兄嫁の胸に抱かれているかのような興奮の中、その匂いだけで今にも暴発しそうなほど高まってしまった。

さらに足袋を手にし、やはり裏返すと、踵《かかと》や足指の当たる部分には仄《かす》かな黒ずみがあった。鼻を押しつけて嗅ぐと、うっすらと汗と脂《あぶら》に蒸れた芳香が籠《こ》もっていた。

祐二郎は思わず舌を這《は》わせ、雪絵本人の足を舐《な》めているような興奮の中、激しく勃起して粘液を滲《にじ》ませた。

そして腰巻を手にし、股間の当たる部分を探った。うっすらとした変色が認められ、激しく胸を高鳴らせて鼻を埋めると、甘ったるい汗の匂いに混じり、ほんのりとゆばりと思える微かな匂いが鼻腔を刺激してきた。

あんなに美しく淑《しと》やかな兄嫁でも、汗をかき大小の用も足すのだと思うと、当たり前のことなのに大発見のように胸がときめいた。

もちろん武士として、女のそのような部分を嗅いだり舐めるというのは浅ましいことと自分で思っていたが、どうにもその衝動が抑えきれないのである。

もう一つには、道場で同輩の誰かが持ってきた春本をたまたま見てしまい、それには互いの股間を舐めるような絵や記述があったので、自分の願望がそれほど突拍子もないことではなく、市井《しせい》ではごく普通に行なわれているのではないかと、少し安心もしたのだった。

すでに下帯は外してあるので、やがて彼は布団に横になったまま屹立《きつりつ》した一物を握りしめ、激しくしごきはじめた。

そして彼は、再び襦袢と足袋を嗅いだ。腰巻は、絶頂の仕上げに嗅ごうと思い、まずは襦袢と足袋で高まった。

たちまち絶頂が迫り、彼は腰巻に切り替え、兄嫁の股間の匂いに包まれながら、激しい快感に全身を貫かれていた。

「ああ……、義姉上《あねうえ》……！」

祐二郎は口走りながら果て、熱い精汁をドクンドクンと勢いよくほとばしらせた。

そして出し切ると、惜しまれつつも快感は下降線をたどり、彼は動きを止めてグッタリと寝床に身を投げ出した。

荒い呼吸を繰り返し、腰巻を顔にかけながら余韻《よいん》に浸《ひた》っていたが、激情が過ぎると、また後悔の念が湧き上がってしまった。

（やはり、このようなことは武士として、いや人としてあるまじき行為だ。今回を最後にしよう……）

祐二郎は思い、空《むな》しさの中で身を起こし、飛び散った精汁を拭き取った。

裏返しになったそれらも、全て元通りにし、やがて厠《かわや》に立ったついでに、再び井戸端の洗い場へと戻しておいた。

そして離れに戻り、まだ悶々としながら彼は眠りに就いたのだった……。

――翌朝、祐二郎は井戸端で顔を洗い、母屋《おもや》へ行って両親と兄に挨拶をし、厨《くりや》で朝餉《あさげ》を済ませた。もちろん雪絵にも挨拶したが、彼女はいつものように微笑みを含んで優しく答えてくれた。

(この腋や股座《またぐら》、足指の匂いを私は知っているのだ……)

そう思うと美しい顔が一層眩《まぶ》しく、申し訳ない思いでいっぱいになるのだった。

やがて部屋に戻った祐二郎は袴《はかま》を着け、大小を帯びて離れを出た。

「じゃ、祐二郎様、お弁当」

小鮎《こあゆ》が、握り飯の入った包みを彼に渡してくれた。

彼女は十七歳、父に菊の栽培を教授してくれた植木屋の娘で、そうした縁からたまに手伝いに来てくれているのだった。下男や下女を雇う余裕のない山葉家は、何かと彼女の手伝いを重宝していた。

「ああ、有難《ありがと》う」

「では、行ってらっしゃいませ」

祐二郎は受け取り、拝領屋敷を出た。

番町から昌平坂《しょうへいざか》まで北の丸を通って半刻(約一時間)ばかり歩き、学問所に着いたのが五つ半(午前九時頃)だった。

同輩たちと会い、ともに学問をするのは至福の一時だが、午後の稽古を思うと気が重くなった。これればかりは、何年経とうとも慣れることがなかった。

早めに弁当を食って充分に休養を取ってから、学問所を出た祐二郎は神田《かんだ》の道場へいった。

そして一刻（約二時間）近く稽古をし、クタクタになって道場を出た。

しかし、いくら疲れ切っていても、大小を帯びている以上、情けない顔つきは出来ず、胸を張り背筋を伸ばして歩いた。別に祐二郎が律儀なのではなく、武士とはそうしたものなのだ。

帰り道、いきなり彼は二人の旗本に囲まれた。道場に来ている連中だが、特に暴れ者たちなので祐二郎も今日はなるべく連中を避け、うまく同輩たちとばかり稽古して済ませたのである。

「おい待て、山葉」

「今日のたるんだ稽古は何事だ」

二人は、御家人を苛め足りなかったらしく、先回りして待ち伏せていたようだ。神社の境内《けいだい》の脇で、人通りも少ない場所である。

「何なら、ここで稽古をつけてやろうか。真剣なら胆力《たんりよく》もつこう」

二人は無理難題を言ってきた。もちろん斬る気など無いだろうから、単に言いがかりをつけて困らせるのが目的である。

二人とも二十歳《はたち》で、一千石はあろう旗本の息子たち。大柄な方が島村重吾《しまむらじゆうご》、瘦《や》せて長身なのが塩見周三《しおみしゆうぞう》だ。やはりどちらも役職に恵まれず、良い養子の口もなく鬱憤《うっぷん》が溜まっているのだろう。

「いえ、もう今日の稽古は終わりましたので、どうか」

「いいや、ならん。さあ抜け！」

二人は詰め寄り、祐二郎は塀まで追い詰められた。ここで何か気に障《さわ》ることを言えば、殴る蹴るの暴行が待っていよう。

祐二郎が困窮していると、そのとき天の助けが来た。

「ああ、何をやってる。また旗本の御家人苛めか」

声がかかり、二人は眉《まゆ》を険《けわ》しくして振り返った。

立っているのは三人、言ったのは縫腋《ほうえき》に身を包んだ五十年配の医者だ。他に二十歳ばかりの娘が薬箱を持ち、もう一人は、もう少し年下の武家娘らしい美女だった。

「何だ。町医者は黙っていろ！」

重吾が気色ばんで言ったが、医者は笑っている。

「町医者ではない。小田浜《おだはま》藩の典医《てんい》、結城玄庵《ゆうきげんあん》である。うちの殿様と公方《くぼう》様はたいそう仲が良いぞ。言いつけても良いのか。おぬしらは、自分より上のものには弱いのだろう？」

「じじい！　叩っ斬るぞ！」

重吾と周三が鯉口《こいぐち》を切って迫った。

すると、武家娘が颯爽《さっそう》と前に出てきたのである。

「女！　ひっこんでおれ！」

重吾は怒鳴ったが、娘は笑みを含んで、二人が度肝《どぎも》を抜くことを言ったのである。

二

「私は書院番頭、滝田義行《たきたよしゆき》の娘、綾乃《あやの》。お二方のお名前を」

「しょ、書院番頭……？　い、偽りを申すな……」

綾乃の言葉に、二人が青ざめたのも無理はない。

書院番頭とは、若年寄に直結した五千石の旗本だ。内衛を掌《つかさど》る役職で、戦時は小姓組とともに将軍の警護に当たった。また将軍の出向には駕籠《かご》の前後を守り、儀式に際しては将軍の給仕も行なった。

要するに、一千石程度の旗本から見れば、遥《はる》かに雲の上の位なのである。

「偽りとお思いならば、ご一緒に屋敷まで参りましょう。今日は父も在宅しております」

「い、いや、今日のところは帰る。山葉、覚えておれよ」

二人は言って踵《きびす》を返した。

「あははは、やはり上のものには弱いか。情けないのう」

玄庵が高笑いすると、重吾が振り返って抜刀し、後先も考えず逆上して遮二無二《しゃにむに》斬りかかってきた。

「うぐ……!」

しかし、重吾はいきなり顔を押さえて呻《うめ》き、そのまま刀を落として蹲《うずくま》ってしまった。

祐二郎は、何が起きたか分からず、目を白黒させていた。

「どうした、島村……、さあ、もう行こう」

周三が言い、刀を納めてやり重吾を助け起こした。

「そう、島村様ですか。それで貴方様は?」

「し、知らぬ……」

「あはは、祐二郎に訊けば分かるさ。そのうちお前らの屋敷へ行くから、そちらこそ覚えておれよ」

玄庵が言うと、二人は這々《ほうほう》の体《てい》で立ち去っていった。

「い、一体なにをなさったのです……。いや、お助け下さいまして有難うございました」

祐二郎は、玄庵と綾乃に深々と頭を下げた。

先日、父が腰を痛めたとき玄庵の元に薬を求めに行ったことがあり、それで顔見知りだったのだ。

玄庵は、小田浜藩の御典医とはいえ、町医者のようなこともしていた。

薬箱を持っているのは、小田浜から玄庵の家に奉公に来ている、礼《れい》という二十歳を少し過ぎたばかりの娘だが、地味で目立たない女だった。

そして書院番頭の娘という綾乃は、祐二郎は初対面だった。

「御家人、山葉祐二郎と申します。とんだところをお目にかけました」

彼は深々と頭を下げ、綾乃の美貌を眩しく思った。

「滝田綾乃です。玄庵先生と父は碁敵《ごがたき》でして、そのご縁で今日はいろいろと先生にご相談しておりました」

綾乃が折り目正しく言い、玄庵に向き直った。

「では先生、私はこれにて」

「そうか、では礼を供に付けよう。祐二郎、代わりに薬箱を持ってくれ」

玄庵に言われ、祐二郎は頷《うなず》いて礼から薬箱を受け取った。

「じゃ気をつけてな。礼、しっかりお送りしろ」

玄庵は言って二人を見送り、やがて祐二郎は彼と共に神田小川町《おがわちょう》にある屋敷へ行った。

「島村様は、斬りかかったときに、どうして蹲ったのでしょう」

座敷へ上がり、薬箱を置きながら祐二郎は訊いた。

玄関から入ってすぐに、引き出しの並んだ薬棚があり、夥《おびただ》しい医学書も積まれている。中には彼の興味を惹《ひ》く本も多かった。

「なあに、立ちくらみだろう。若いのに酒浸りだろうしな」

玄庵は言い、鉄瓶《てつびん》から茶を淹《い》れてくれた。

「綾乃さんは、十九になる。どうも、義行殿が娘の婿《むこ》捜しに躍起になっているが、彼女は自分で選びたいから、父をたしなめてくれと儂《わし》に相談してきたのだ」

「ははあ……」

「なかなか、今の武家娘も自分の気持ちをしっかり持つようになったのだなあ。まあ、関ヶ原《せきはら》から二百年余りも経てば、剣術が強いだけの堅物《かたぶつ》では物足りないと思うようになるのだろうよ」

玄庵は言い、祐二郎は出された茶をすすった。

「うん、お前ならちょうど良いかも知れぬな。剣術は苦手でも、学問は好きだろう。綾乃さんも、身分の差など乗り越えるぐらいの新しい意気込みを持っている」

「め、滅相《めっそう》も……」

祐二郎は、茶に噎《む》せそうになって答えた。

「なぜだ。書院番頭だろうと、裸になりゃみな同じだ。お前ほどの学問があれば、義行殿がこなしている役職ぐらい易々《やすやす》と勤まる。うん、今日出会ったのも何かの縁だ。そのうち機会を作ってやろう」

「せ、先生、その儀はどうかご容赦を……」

「良い養子先の目星はあるのか？」

「いえ……」

「ならば、密かに好いた女でも？」

「いいえ」

訊かれて、一瞬雪絵の面影が脳裏をよぎったが、元より一緒になれぬ仲だし、兄の急死を祈るなど身内として最低である。

「ならば良かろう。むろん幾《いく》つもの大きな壁を乗り越えねばならぬが、苦労して勝ち取るものほど喜びは大きい。もちろん破談になることの方が多いだろうが、まあ、やってみよう。面白い」

玄庵は、遊びでも思いついたように浮き浮きと言った。

と、そこへ礼が帰ってきた。

「やけに早いですね」

「ああ、礼は大層な早足なのだ」

祐二郎が驚いて言うと、玄庵は事も無げに答えた。礼は挨拶だけして、すぐに厨へと行って夕餉の仕度をはじめたようだ。

「では、私はそろそろ……」

「ああ、そのうち連絡するよ。その前に、女を知っておくと良いのだが」

「は？」

「綾乃さんは実に良い生娘《きむすめ》だ。無垢《むく》な堅物があっさり貫《つらぬ》くのは勿体ない。とことん隅々まで味わうような男でないとな。それこそ、陰戸《ほと》を舐めるどころか、尻の穴から足の指まで舐めるような男になってほしい」

言われて、思わず祐二郎は「なれます！」と答えそうになってしまった。

「そ、そのような振る舞いを、書院番頭のご息女にするなど……」

「だから、身分など関係ないのだ。良い女はとことん味わわないと勿体ない。女も、そうした悦《よろこ》びを知れば夢中になるのだ。儂が保証する」

玄庵は言い、一冊の書物を出して彼に渡してくれた。

「これは？」

「市《いち》ケ谷《や》の藤乃《ふじの》屋さんという書店が出している春本だ。女の愛撫の仕方が細かに書かれている。この本を読んで勉強しろ」

言われて見ると、『うるほひ指南』という題名で、著者は幽鬼幻斎《ゆうきげんさい》とある。

「こ、これは、まさか先生がお書きに……」

「まあ、そんなことはどうでもいい。女は学問と一緒だ。知れば知るほど面白くなるからな、ひたすら手すさびに精進して、抱く機会があれば逃すな」

「は……、有難うございます」

祐二郎は書物を押し頂くようにして言い、やがて玄庵の屋敷を辞した。

気が急《せ》くように番町の家に戻ると、

「お帰りなさい。今日は遅かったのですね」

いきなり雪絵が出てきて言った。

「は、ただいま帰りました。玄庵先生の家に寄り、書物整理を手伝っておりました」

祐二郎は緊張の面持《おもも》ちで答え、一礼すると離れへ引っ込んだ。玄庵に言われた、綾乃とのことなどは、最初から有り得ぬ話として頭の隅へ追いやり、今は早く春本を見たかったのだ。

気が急く思いで着替え、井戸端に出て身体だけは流し、それから離れへ戻って春本に没頭した。

頁をめくると、すぐにも女のあられもない姿絵が目に飛び込んで、愛撫するべき場所が事細かに説明されていた。唇《くちびる》、頰、耳、髪の生え際、うなじ、首筋、乳、腋、腹、腰、太腿《ふともも》、膝《ひざ》、脛《すね》、足裏、爪先《つまさき》、ひかがみ、尻、背中、陰戸など、女体はありとあらゆる部分が感じるので、手抜きをせず指と舌で刺激するべしとあった。

(やはり、陰戸も尻の穴も爪先も、舐めて良いところだったんだ……)

春本の中だけの絵空事かと思っていたが、医者が書いたのだから実際に行なって良いのだろう。

それだけでも、祐二郎は大いなる勇気と悦びを得ることが出来た。

そして各章ごとに、愛撫の順序や方法が綴《つづ》られ、それはほぼ、祐二郎がもし実際に女体を自由に出来たら、このようにしたいという妄想と一致していた。

さらに、『女の唾《つば》や淫水、ゆばりは男を奮《ふる》い立たせる媚薬《びやく》効果あり』という記述には度肝を抜かれた。

唾液や淫水は飲んでみたいと切に願ったが、まさかゆばりまで飲んで良いとは目から鱗《うろこ》が落ちる思いであった。

（そうか、世の中には、こうしたことも罷《まか》り通っていたのか……。だが、武士の大半は、ここまでしないのだろうな……）

祐二郎は、玄庵の書物から身分の上下などない小気味よさが感じられ、自分のやりたいことを全て肯定されたようで嬉しかった。そして夕餉に呼ばれるまで、彼は夢中になって読み耽《ふけ》ったのだった。

三

「祐二郎さん、少々お話が……」

いきなり寝巻姿の雪絵が、離れに入ってきて言った。

寝巻に着替え、そろそろ手すさびをしようと思っていた祐二郎はビクリと硬直し、最中でなくて良かったと思ったのだった。もちろん今夜は、雪絵の腰巻などは持ち込んでいなかった。

六つ半（夜七時頃）、すでに両親は母屋で床に就いて休み、洋之進は今宵《こよい》は宿直《とのい》で不在だった。

「は、どうぞ……」

祐二郎が言うと、雪絵は静かに入って襖《ふすま》を閉め、彼に向き直った。急に、行燈《あんどん》以上に室内が明るくなり、自分の匂いしかしない部屋に、甘く上品な香りが籠もったように感じられた。

「嫁して一年余り、孕《はら》む兆しがないのを責められ、辛く思っております」

「はあ……」

雪絵の言葉に、祐二郎は胸をときめかせて答え、続きを促すように兄嫁を見た。

「旦那様はお優しく、お仕事もお出来になります。しかし、夜のことは全くと言って良いほど何もなく、それでは孕みようもありません」

雪絵は、ほんのりと色白の頬を紅潮させて言った。

確かに洋之進は真面目だが、文武とも平凡で、特に精力的ではない。そして跡継ぎを作ることこそ、雪絵の最大の使命なのであった。その風当たりは強く、山葉家の両親と、実家の両方から責め立てられているに違いない。

「祐二郎さんは学問も優秀で、きっとお話しすれば分かっていただけると思いました。どうか、私に子種を頂けないものでしょうか」

「そ、そんな……」

言われて、祐二郎は夢でも見ているような気になった。

「最初の頃は旦那様も、それなりに行ないましたが、痛いばかりでした。そして痛みが和らぎはじめた頃から、情交が間遠くなり、今では月に一度あるかないか……」

雪絵は、立ち入ったことを話しはじめた。

「し、しかし、していないのに孕んだら、私の子と知れてしまいます……」

「昨夜、宿直を前に久々に行ないました。ですから、しばらく祐二郎さんがして頂ければ旦那様の子として疑われることもありません」

してみると、もし孕んでも、兄の子か自分の子か分からないということだ。それも複雑な思いだが、むろん兄の子以外の何者でもなくなってしまうのである。

いや、それらのことよりも、憧れの兄嫁と情交できるかも知れない、というその熱い思いが祐二郎の心身をぼうっとさせていた。

「私は、義姉上のことをずっと思っておりましたので……」

「どうか、そのようなことは仰《おつしや》らないで。有り余る子種を頂ければよろしいのです。不承知ならば、どうかお忘れ下さいませ」

「しょ、承知いたしました……」

祐二郎は勢い込んで答え、それだけで危うく漏らしそうになってしまった。

「左様ですか。嬉しく思います。では……」

雪絵は、心から安堵《あんど》したように言って肩の力を抜き、すぐにも立ち上がって帯を解きはじめた。

「お、お待ちを……」

「何です」

「私は、む、無垢なれば、どうか色々好きなようにさせて頂けないでしょうか……」

「むろん、身勝手なお願いですので、祐二郎さんの言うことは何でもききましょう」

「では、行燈は点けたまま、つぶさにお体を見てもよろしいでしょうか。いえ、これも学問のため、男とどう違うか知っておきたいのです」

祐二郎は必死に懇願した。

「ろくに、旦那様にも見せたことはないのですが、どうしてもと仰るなら……」

雪絵は答え、帯を解いて寝巻を脱ぎ去った。すでに成り行きを予想し、覚悟していたか下には何も着けていなかった。

「さあ、では祐二郎さんも……」

たちまち一糸まとわぬ姿になった雪絵は言って振り返り、胸を隠してしゃがみ込むと、そのまま彼の布団に横たわった。祐二郎も緊張と興奮に指を震《ふる》わせながら帯を解き、寝巻と下帯を脱ぎ去った。

そして全裸になった祐二郎は、恐る恐る兄嫁に添い寝していった。

まずは、甘えるように腕枕《うでまくら》してもらい、白く豊かに息づく乳房に目を凝らした。

まだ少ししか見ていないが、胸も腰も豊満な丸みを帯びているから、かなり着痩せするたちだったのだろう。

乳首も乳輪も綺麗な薄桃色で、しかも胸元や腋からは何とも甘ったるい汗の匂いが馥郁《ふくいく》と漂《ただよ》ってくるのだ。こっそり嗅いだ襦袢ではなく、生身から発する匂いはやはり格別だった。

祐二郎は吸い寄せられるように顔を寄せ、そっと乳首に吸い付いていった。

「く……」

雪絵が微かに身じろぎ、息を詰めて小さく喘《あえ》いだ。

拒《こば》まれないことが嬉しくて、彼はコリコリと硬くなった乳首を舌で転がし、もう片方にも恐る恐る手を這《は》わせながら、柔らかな膨らみに顔中を押しつけ、その艶《なま》めかしい感触を味わった。

彼女は声を洩《も》らすまいと必死に奥歯を噛みしめていたが、たまに否応《いやおう》なく息を吐き、また吸い込んで硬直した。

乳首を舐めながら見上げると、雪絵は目を閉じ、形良い唇を僅《わず》かに開いて、お歯黒の歯並びを覗かせていた。そこからは、白粉《おしろい》のように甘い刺激を含む息が洩れ、肌の匂いに混じって彼の鼻腔をくすぐってきた。

もう片方の乳首にも移動して含み、チロチロと舌で弾くように舐めると、まだ雪絵は喘ぎを洩らすまいと耐えていたが、肉体の方はうねうねと反応し、少しもじっとしていられないように悶えはじめてきた。

おそらく兄の洋之進も、こんなに丁寧に乳首を愛撫したことなどないのだろう。

両の乳首を交互に吸ってから、祐二郎は彼女の腋の下にも顔を埋め込み、色っぽい腋毛に鼻をこすりつけた。そこは生温かく湿り、甘ったるい汗の匂いが濃厚に胸に沁み込んできた。

雪絵はくすぐったそうに身を強《こわ》ばらせていたが、何とか我慢していた。

やがて祐二郎は、白く滑《すべ》らかな肌を舐め下り、脇腹から腹の真ん中へ移動し、形良い臍《へそ》を舐め、腰からむっちりと張りのある太腿へと舌を這わせていった。

「あ……」

彼が脚を舐め下りていくと、雪絵は驚いたように声を洩らしたが、好きにして良いと言った手前、息を詰めてじっとしていた。いや、何をされるかという未知の不安も、今は期待と興奮になっているのかも知れない。

祐二郎も、何をしても雪絵が拒まないので勇気が湧き、好きなように舌を這わせていった。膝頭を舐め、滑らかな脛を下り、とうとう足首から足裏へと顔を移動させて顔を押しつけた。

足裏に舌を這わせると、

「あう……、な、何をなさいます……」

さすがに驚いたように雪絵が声を洩らした。

「申し訳ありません。どうにも、ここも舐めたかったものですので」

「いかに初めてだから、あちこちに触れたいとはいえ、犬のような真似など、武士のすることではありませんよ……」

「はい、それでも、どうか今しばらくじっとしていて下さいませ。切に、お願い申し上げます……」

祐二郎は言い、踵から土踏まずを舐め上げ、指の股に鼻を押しつけた。

そこは汗と脂に生温かく湿り、足袋で嗅いだときよりもっと蒸れた匂いが悩ましく籠もっていた。

堪《たま》らず祐二郎は、彼女の爪先にしゃぶり付き、指の股にヌルッと舌を割り込ませてしまった。これも玄庵の本に書いてあったし、もちろん書かれていなくても、してみたかったことの一つなのだ。

「アアッ……!」

雪絵は思わず声を洩らし、パッと両手で顔を押さえた。

別に大きな声を出しても、母屋に聞こえることはないのだが、やはり武家育ちの慎みが身に沁みているのだろう。

祐二郎は順々に指の股に舌を割り込ませて味わい、桜色の爪を噛み、もう片方の足にも舌を這わせて、新鮮な味と匂いを貪《むさぼ》った。

すると彼女が身を縮め、ゴロリと横向きになってしまった。お誂《あつら》え向きなので、そのまま彼は雪絵をうつ伏せにさせ、脹《ふく》ら脛《はぎ》から汗ばんだひかがみ、太腿から尻の丸みを舌でたどっていった。

腰から滑らかな背中を舐めると、うっすらと汗の味がした。肩まで行って髪の香油を嗅ぎ、うなじと耳朶《みみたぶ》を舐め、再び舐め下りながら脇腹にも寄り道し、やがて白く丸い尻の谷間に戻ってきた。

今度は指でグイッと谷間を広げると、奥にひっそりと薄桃色の蕾《つぼみ》が閉じられていた。

やはり、天女のように美しい雪絵でも、用を足す穴があるのだ。祐二郎は顔中を双丘に密着させ、蕾に鼻を埋め込んでいった。

秘めやかな微香が籠もり、馥郁と鼻腔が刺激されてきた。

祐二郎は美しい兄嫁の恥ずかしい匂いを貪り、舌先でくすぐるようにチロチロと蕾を舐め回した。

「あう……！」

また雪絵が呻き、肛門が可憐《かれん》に収縮した。彼は細かな襞《ひだ》を濡らしてから、尖《とが》らせた舌先を潜り込ませ、ヌルッとした滑らかな粘膜まで味わった。

四

「く……、い、いけません……」

雪絵は呻きながら身悶え、モグモグと祐二郎の舌を肛門で締め付けてきた。さらに尻を庇《かば》おうと、再びゴロリと仰向けになってきたので、彼は兄嫁の片方の脚を潜り抜け、開かれた股間に顔を割り込ませてしまった。

ふっくらとした股間の丘に黒々と艶のある恥毛が茂り、肉づきが良く丸みを帯びた割れ目からは、桃色の花びらがはみ出していた。それは内から溢れる大量の蜜汁に、驚くほどネットリと潤っていたのだ。

「義姉上、すごく濡れています……」

「い、言わないで……、そんなに見ないで、後生だから、早く……」

股間から祐二郎が言うと、雪絵は息を弾ませて朦朧《もうろう》としながら哀願してきた。

もちろんまだ挿入する気はない。入れたらあっという間に終わってしまうだろう。もちろん一度や二度で済むはずもないが、交わる前にすることがあるのだ。

祐二郎は、悩ましい匂いに吸い寄せられるように、雪絵の股間にギュッと顔を埋め込んでいった。柔らかな茂みに鼻をこすりつけると、隅々に生ぬるく籠もった汗とゆばりの匂いが鼻腔を掻き回すように刺激してきた。

それは、腰巻よりずっと濃厚な匂いだった。

思わず何度も深呼吸し、兄嫁の体臭で胸を満たしながら、彼は舌を這わせていった。

割れ目内部に舌を差し入れ、入り組む襞の息づく膣口をクチュクチュと掻き回し、淡い酸味を含んだヌメリの満ちる柔肉をたどり、ツンと突き立ったオサネまで舐め上げていった。

「あう……!」

雪絵はビクッと顔をのけぞらせて呻き、必死に口を押さえながら、量感ある内腿でキュッときつく彼の顔を締め付けてきた。

祐二郎はもがく腰を抱え込み、舌先でチロチロとオサネを舐め、溢れる蜜汁をすすり、悩ましい匂いで鼻腔を満たした。

「あ……、ああ……、変になりそう……、お願い、もう止めて……」

雪絵は白い下腹をヒクヒクと波打たせ、何度か腰を跳ね上げるように反応させながら言い、さらに熱い淫水を漏らし続けた。

祐二郎も、まさか自分の人生で雪絵の股間に顔を埋める日が来ようなどとは夢にも思わず、夢中になって匂いを貪り、熱いヌメリをすすりながら、光沢あるオサネを舌先で弾き続けた。

「も、もう駄目……」

雪絵も、生まれて初めての体験に声を上ずらせ、やがて気を遣《や》ってしまったのか、あるいはあまりの衝撃に放心してしまったか、グッタリと強ばりが解けてしまった。

もう祐二郎の方も限界だったので、そこで舌を引っ込めて身を起こし、屹立した肉棒を構えて股間を進めていった。

ぎこちなく彼女の股を開かせて迫り、急角度にそそり立つ一物を指で下向きにさせ、大量の淫蜜にまみれた陰戸に先端を押しつけた。生温かく柔らかな感触に、今にも暴発しそうになったが、それを堪えて位置を探った。

こすりつけるうち、溢れるヌメリが亀頭を滑らかにさせ、雪絵が朦朧としながら僅かに腰を浮かせてくれると、ようやく位置が定まった。

押しつけていた一物が、いきなり落とし穴にでも嵌《はま》ったようにズブリと潜り込み、あとは潤いに任せ、ヌルヌルッと一気に根元まで貫いていった。

「く……！」

雪絵が息を吹き返したように身を反らせて硬直し、深々と潜り込んだ彼自身をキュッときつく締め上げてきた。

祐二郎は声もなく、とにかく必死に奥歯を噛みしめ、暴発を堪えていた。それほどこの快感は絶大で、少しでも長く味わっていたかったのだ。

肉襞の摩擦が何とも心地良く、温もりも締め付けも最高で、自分の指や手のひらなど比較にならないほど、女体とは素晴らしいものだった。

そして肉体の快感以上に、憧れの兄嫁と一つになったという感激が大きかった。

いずれ孕んで、雪絵が何もなかったことにしようとも、いや、たとえ最後まで孕まず、彼女の思惑が外れたとしても、祐二郎にとって最初の女が兄嫁だということは、一生心の奥に深く刻まれたのだ。

股間を密着させ、締まりの良さと潤いで抜け落ちないよう押しつけながら、彼はそろそろと片方ずつ脚を伸ばし、雪絵に身を重ねていった。

胸の下で豊かな乳が弾み、それを押しつぶしながら祐二郎は兄嫁のかぐわしい口に迫った。口から洩れる、熱く湿り気ある息は白粉のように甘く、雪絵の肺腑《はいふ》から出る息を嗅ぐだけで今にも昇り詰めそうになってしまった。

そのまま唇を重ね、柔らかな感触と唾液の湿り気を味わい、そっと舌を差し入れていった。雪絵の舌を探ると、それはネットリと滑らかに蠢《うごめ》き、生温かく清らかな唾液が感じられた。

執拗《しつよう》にからませると、雪絵もチロチロと微《かす》かに舌を動かしてくれた。

そして祐二郎が彼女の肩に手を回し、しっかり抱きすくめながら小刻みに腰を使いはじめると、

「ンンッ……！」

雪絵が熱く呻き、さらに悩ましい芳香の息を弾ませた。

いったん動いてしまうと、その心地よさに腰が止まらなくなり、しかも溢れるヌメリに律動が滑らかになった。さらに二人の接点からは、ぴちゃくちゃと淫《みだ》らに湿った音も聞こえ、無意識に彼女も股間を突き上げはじめた。

「あ、義姉上……、いきそう……」

「出して、いっぱい……」

口を離し、唾液の糸で互いの唇を結びながら囁くと、彼女も薄目で祐二郎を見上げて答えた。

「どうか、義姉上も手を回してください。そして、嘘でもいいから一言だけ、好き、

と」

　祐二郎は、高まりに合わせて無理な注文をしてしまった。

　しかし彼女も相当に高まっていたのだろう。何しろ、夫と情交を覚え、痛みがなくなった頃から間遠くなったと言ったのだから、今はちょうど快楽に目覚めはじめた頃に違いなかった。

　雪絵も、そろそろと下から彼に両手を回してしがみついてくれ、

「す……、き……」

　と、甘い息で小さく囁いてくれた。

「ああッ……、義姉上……！」

　その瞬間、祐二郎は絶頂に達してしまい、喘ぎながら股間をぶつけるように乱暴に動いてしまった。同時に、熱い大量の精汁が、どくんどくんと勢いよく兄嫁の柔肉の奥へほとばしった。

「あッ……！」

　熱い噴出を感じ取ったか、雪絵が身を弓なりにさせて絶句し、そのままガクガクと狂おしい痙攣《けいれん》を開始した。膣内の収縮も最高潮になり、まるで精汁を飲み込んで、貪欲に吸収するようにキュッキュッときつく締まった。

祐二郎は感激と快感の中、心おきなく最後の一滴まで出し尽くし、すっかり満足しながら徐々に動きを弱めていった。

そして完全に律動を止め、深々と挿《さ》し入れたまま体重を預けると、

「アア……」

雪絵も満足げに声を洩らし、全身の強ばりを解いていった。

やはり舐められて気を遣るのと違い、一体となって果てるのは格別なのだろう。いや、あるいは彼女は、生まれて初めて気を遣ったのかも知れない。淡白なりに、洋之進は彼女の開発の下地ぐらいは作っていたのである。

膣内の収縮はいつまでも続き、射精直後の亀頭が過敏に反応し、内部でピクンと跳ね上がると、

「あう……」

雪絵が膣内の天井を刺激され、思わず呻きながらキュッと締め付けた。

祐二郎は、雪絵の口に鼻を当ててかぐわしい息を嗅ぎながら余韻を嚙み締めた。そして呼吸を整えると、そろそろと身を起こし、ゆっくりと股間を引き離していった。

「く……」

ヌルッと抜けると雪絵がまた小さく呻き、祐二郎は懐紙で手早く一物を拭い、兄嫁

の陰戸も優しく拭いてやった。そして処理を終えてから添い寝し、また甘えるように肌をくっつけていった。

「こんなに良いものだなんて……、恐ろしいほどです……」

雪絵が、徐々に自分を取り戻しながら、自身に芽生えたばかりの感覚を思い出して か細く言った。そしてまだ絶頂の波が全身にくすぶっているように、たまに彼女の肌がビクッと波打った。

「それにしても驚きました。祐二郎さんが、足やお尻まで舐めるなど……」

「自然に、そうしたいと思っただけです……」

「しかし、女の股座に顔を入れるなど、武士のすることではありませんよ……」

雪絵は、彼を胸に抱きながら、たしなめるように言った。自分は、跡継ぎを得るためのやむを得ぬ行為だから、道に外れてはいないということのようだ。

「でも、義姉上はオサネを舐められたら、大層心地よさそうでした。汁も急に増えましたし」

「黙って……、そのようなこと、聞きたくありません……」

祐二郎の言葉に雪絵は答えたものの、まだ声に力が入らないようだった。

「ねえ、もう一度、しても構いませんか……。出来るだけ多くした方が良いと思います」

彼は、肌をくっつけているうち淫気を甦《よみがえ》らせて言った。

五

「まあ！　続けて出来るのですか……」

雪絵が、祐二郎の言葉に驚いて答えた。

どうやら洋之進は、新婚の頃から二度続けてすることはなかったようだ。

元より祐二郎は、一人の手すさびでさえ二度三度と続けてすることがあるのだ。まして憧れの兄嫁と情交出来るのなら、さらに多く出来るし、しなければ治まらないほど無尽蔵《むじんぞう》に淫気が湧き上がってきた。

「何度でも出来ます。すればするほど、孕むのも早いと思います」

「確かに……」

雪絵は言い、やがてゆっくりと身を起こし、彼を見下ろしてきた。

「ならば、今度は私がつぶさに見て構いませんね。どうせ孕めば、何もなかったことになるのですから」

彼女は自分に言い聞かせるように、そろそろと祐二郎の股間に視線を這わせてきた。

もちろん余韻からも醒め、すでに肉棒はピンピンに硬く屹立していた。

「もうこんなに……」

雪絵が感嘆の息を洩らし、それが生温かく股間をくすぐってきた。

さらに彼女は恐る恐る手を伸ばし、白魚のように細くしなやかな指を幹に這わせてきたのだ。

「ああ……、き、気持ちいい……」

やんわりと兄嫁に握られ、祐二郎は仰向けのままヒクヒクと身を震わせて喘いだ。

「このように見るの、初めてです。こうなっているのですね……」

雪絵は呟《つぶや》くように言いながら、亀頭周辺の包皮をいじり、艶やかな先端に触れ、緊張と羞恥《しゅうち》に縮こまったふぐりにも触れてきた。二つの睾丸を確認するように優しくいじり、再び幹を握ってきた。

「何だか、可愛《かわ》ゆくてなりません……」

雪絵は言いながら屈み込み、とうとう先端に唇を押しつけてきた。

「く……！」

祐二郎は、暴発を堪えて呻いた。

彼が舐めるのは、犬のようだとか武士らしからぬと言った癖に、自分は無かったことにすると開き直ったので、にわかに好奇心が湧いたのだろう。

玄庵の言うとおり、身分の上下など関係なく、誰も彼も春本のような好奇心や、快楽への貪欲な衝動が秘められているようだった。

彼女はチロリと舌を伸ばし、粘液の滲む鈴口を舐め回してくれた。

「あう……、あ、義姉上……」

祐二郎は、夢のような快感に呻いた。情交もそうだが、それ以上に、雪絵に一物を舐めてもらえるなど信じられなかったのだ。

しかし彼女は夢中になり、張りつめた亀頭をしゃぶると、そのまま丸く開いた口でスッポリと深く呑み込んできたのである。

「アア……!」

温かく濡れた、神聖な口に根元まで含まれ、祐二郎は激しい快感に喘いだ。

情交したばかりでなければ、この行為だけであっという間に果ててしまっていたことだろう。

雪絵も、武家の矜持《きょうじ》も慎みもかなぐり捨てる快感に目覚めたように、上気した頬をすぼめて吸い、内部ではクチュクチュと舌を蠢かせてくれた。

混じり合った二人の体液が舐め取られ、一物は兄嫁の生温かな唾液にどっぷりと浸り込んだ。

先端は喉の奥のヌルッとしたお肉に触れ、唇が幹を締め付け、熱い鼻息が恥毛をそよがせた。さらにそっとお歯黒の歯も幹に触れ、それがいかにも口に含まれているという感覚を伝えて新鮮だった。

やがて彼女は吸いながらスポンと引き抜き、幹を舐め下り、ふぐりにも舌を這わせてきた。睾丸を転がし、袋全体を唾液にまみれさせてから、また再び肉棒の裏側をツツーッと舐め上げ、亀頭にしゃぶり付いてきた。

このまま口に出したい衝動に駆られたが、彼女にしてみれば、一回でも多く陰戸に受け入れたいだろう。

だから祐二郎も、危うく漏らしてしまう前に警告を発した。

「あ、義姉上、出てしまいそうです……」

「そう、ではもう一度交わってくださいませ……」

雪絵が顔を上げて言った。

「どうか、今度は義姉上が上で……」

「まあ、女が殿方を跨《また》ぐのですか……」

言うと、雪絵は目を丸くして答えた。

「本手《ほんで》（正常位）ばかりでなく、色々なことを試してみたいのです」

「どうしても望むのでしたら……」

雪絵も好奇心を持って、言いなりに彼の一物に跨ってきてくれた。

茶臼《ちやうす》（女上位）は、祐二郎にとっても憧れの体位だったのだ。

やはり美しい女は下から見上げてみたいし、組み伏せられる快感もある。まず今までの妄想でも、自分は女を組み伏せて言いなりにするよりも、受け身になって弄《もてあそ》ばれる方が興奮するのだった。

雪絵は片膝を突いて股間を浮かせ、小指を立てて幹に手を添え、自らの唾液に濡れた先端を陰戸に押し当てると、息を詰めてゆっくりと腰を沈み込ませてきた。

張りつめた亀頭がヌルッと潜り込み、

「アアーッ……！」

雪絵は声を洩らしながら、あとは自らの重みとヌメリに助けられ、完全に根元まで受け入れて座り込み、ぴったりと股間を密着させてきた。

祐二郎も、二度目だというのに股間に温もりと重みを感じると、すぐにも果てそうなほど高まってきてしまった。

何と言っても挿入時の摩擦快感が素晴らしく、さらに味わうようにモグモグと蠢く収縮が心地良かった。

雪絵は顔をのけぞらせ、しばしぺたりと座り込んだまま快感を噛み締め、何度かグリグリと股間をこすりつけるように動かしてきた。そして快感が高まると上体を起こしていられなくなり、ゆっくりと身を重ねてきた。

まだ互いに動かず、祐二郎は顔を上げて左右の乳首を吸い、充分に舌で転がしながら顔中に密着する柔らかな膨らみと、腋から漂う甘ったるい汗の匂いを味わった。

さらに白い首筋を舐め上げ、かぐわしく喘ぐ兄嫁の口に迫っていった。

お歯黒の歯並びがツヤツヤと光沢を放ち、歯が黒いから、かえって歯茎と舌の桃色が艶めかしく映えた。

口から吐き出される息は熱く湿り気があり、胸の奥が溶けてしまいそうなほど甘い芳香が含まれていた。

「いい匂い……」

祐二郎は思わず呟き、雪絵の口の匂いに高まり、ズンズンと股間を突き上げはじめた。

そして唇を重ねると、今度は雪絵もすぐにネットリと舌をからみつかせ、甘い息と唾液を惜しみなく与えてくれた。

互いの肩に手を回して抱き合い、顔を交差させて執拗に舌を舐め合ううち、たちまち祐二郎は大きな絶頂の渦《うず》に巻き込まれてしまった。

「ンンッ……！」

兄嫁の舌を吸いながら熱く呻き、彼はありったけの熱い精汁を勢いよく放った。

「ああッ……！　熱いわ、感じる……！」

噴出を感じ取ると同時に、雪絵は淫らに唾液の糸を引いて顔をのけぞらせ、もう慎みも忘れて喘いだ。

彼も抱きつきながら彼女の身体を固定し、下から股間をぶつけるように突き動かし、心ゆくまで快感を味わった。そして最後の一滴まで出し尽くすと、祐二郎は徐々に動きを弱めてゆき、やがて力を抜いて身を投げ出していった。

「き、気持ちいい……！」

雪絵は、何度も何度も押し寄せる絶頂の波にヒクヒクと肌を震わせ、彼自身を締め付け続けた。そして狂おしく腰を使い、それは一物が完全に萎《な》えるまで続けられた。

ようやく気が済んで力尽きると、彼女もぐったりと四肢を投げ出し、彼の上に汗ばんだ肌を重ねてきた。

耳元で雪絵が荒い呼吸を繰り返すと、祐二郎も顔を向け、乾いた唾液と息の匂いを間近に嗅ぎながら、うっとりと快感の余韻に浸り込んだのだった。

「何だか、これで孕んだような気がします……」

呼吸を整えながら、雪絵が呟くように言った。

「え？　そうなのですか……」

「そんな気がするだけです。どちらにしろはっきりするまでは、何度もお願い致します」

雪絵の言葉に、祐二郎は有頂天になった。また日が空けば、彼女も洋之進に何とか情交をせがみ、日数が合うよう調整する気なのだろう。

また明日も出来ると思うと、またすぐにも祐二郎は彼女の内部でムクムクと回復してきてしまった。

「あうう……、また中で大きく……」

雪絵が気づき、キュッキュッと締め付けながら再び息を弾ませてきた。

「こんなに何度も出来るなんて……」

彼女は腰の動きを再開させ、また次の絶頂の波を受け止めるつもりのようだ。

もちろん祐二郎も下からしがみつきながら、本格的に股間を突き上げはじめた。

「義姉上、唾を……」

「飲むの……？　恥ずかしいけれど、いいわ……」

せがむと、雪絵も小さく答え、形良い口をすぼめ、白っぽく小泡の多い唾液をトロトロと彼の口に垂らしてくれた。祐二郎は、その媚薬で喉を潤して高まり、勢いをつけて律動を開始したのだった……。

第二章　生娘は青い果実の匂い

一

「では、行ってらっしゃいませ」

翌朝、祐二郎は、両親と兄夫婦を見送って言った。

今日は、母親の実家で急な葬式があり、宿直《とのい》明けの洋之進や雪絵も一緒に谷中《やなか》へ出向いてしまったのだ。

せっかく、雪絵と毎日出来るかと思ったのだが、葬儀では仕方がない。死んだのは母の兄嫁の弟ということで、さしたる縁はなかった。それでも久々に集まるので、今日は皆で母の実家に泊まり込むらしい。

屋敷を空にするわけにもいかないので、祐二郎が留守番することになった。

学問所へ行けないのは残念だが、道場も休めるので、今日は一日のんびり読書をするつもりだった。

だから離れに敷き放した布団でゴロゴロし、雪絵との目眩《めくるめ》く体験を一つ一つ思い出しては勃起し、さらに玄庵の春本を読んで新たに女体の知識を吸収し、学問の方は一向にする気がなくなってしまった。

そこへ、小鮎がやってきたので誰もいない事情を話し、昼餉《ひるげ》を作ってもらった。

祐二郎は、離れで手すさびしようと思ったが、どうせなら兄嫁の妄想だけでなく、十七歳の美少女である小鮎の姿でも盗み見ながら抜こうと思い、離れの戸を少し開けて厨《くりや》の様子を見た。

ちょうど、そこからは厨の様子が見えるのだ。

(あれ？　何をしているのだ……？)

小鮎は炊事の途中だろうか。竈《かまど》の角に股間をこすりつけ、しきりに顔をのけぞらせて喘《あえ》いでいた。

(まさか、女も手すさびを……？)

息を殺して見ていると、とうとう彼女は竈の角から股間を引き離し、裾《すそ》の中に手を入れはじめたのだ。これは、もう間違いないだろう。小鮎は上気した顔で熱く呼吸を弾ませているのだ。

見ながら自分もしようかと思ったが、これは黙って見過ごすのは勿体《もったい》なかった。

彼は立ち上がって着流しの裾を整え、何気ないふうを装いながら離れを出た。

そこで、戸が開け放たれた厨の中にいる小鮎と目が合った。

「あッ……！」

彼女は目を丸くし、慌てて裾から手を引き抜いて厨から出てきた。そして離れと母屋を結ぶ渡り廊下まで来て、いきなり平伏したのだ。

「も、申し訳ありません……」

「ああ、いいよ。まだ昼餉には早い」

「いえ、そうではなく……」

「いま、何をしていたのだ？　股に触れていたようだが」

祐二郎も別に咎《とが》めるわけではないので、笑みを含んで訊いたが、小鮎は真っ赤になって俯《うつむ》いてしまった。

「わ、私、ここのところ変なんです……」

「変とは、病か？」

「そうかも知れません……。祐二郎様は学問がおありだから、お分かりになるかも知れません。ご相談したいのですが……」

「ああ、いいよ。じゃ離れへ来なさい」

祐二郎は気軽に言って、先に離れへ戻った。あとから、恐る恐る小鮎が入ってきた。今までも何度か、掃除に入ってもらったことはある。

彼は着流しで布団に座り、その前に小鮎がちょこんと端座した。

「さあ、話してみなさい」

「はい、この春頃から、いけないいと思いつつ手がいけないところへ行ってしまうんです。普段は、お屋敷でそんなことは決してしないのですが、今日はどなたもいらっしゃらないと聞いて、思わず竈の角で擦《こす》っていたら、つい……」

「それは、気持ちが良いからしてしまうのだな？」

「…………」

小鮎は俯きながら、小さくこっくりした。

祐二郎も、玄庵の本で女の自慰《じい》について読んだばかりだったのだ。女でも、自分でいじって気を遣《や》るものが少なくないという記述に、半信半疑だったのだが、実際に見てしまうと、誰も陰ではしているのだろうと思ってしまった。

「では、普段は寝しなにするのかな？」

「はい、つい手が伸びるのが習慣のように……」

「しかし、気持ちの良いことだから、悪いことではない。指さえ綺麗にしておけば」

「本当ですか……」

小鮎が顔を上げて言い、すぐにまた下を向いた。

「ああ、身体に悪いことではない。そうした書物を読んだことがある。気持ちも身体も、大人になりつつある証《あか》しだ」

「そうでしょうか……」

「そして、気を遣ってしまうのかな。つまり、気を遣るとは、宙に舞うような心地になって、あとでグッタリと力が入らなくなるようなことだが」

「ええ……、家は狭いので、声が出そうになるのをじっと堪《こら》えるのですが、それもかえって気持ちが良くて……」

聞きながら、祐二郎は激しく股間が突っ張ってきてしまった。

彼女の方からも、生ぬるく甘ったるい匂いが漂い、それには雪絵とは違う甘酸っぱい成分も含まれていた。

「それで、いじるのはオサネか？　それとも穴に指を？」

冷静を装って聞きながらも、祐二郎は頬から耳まで熱くなってしまった。

「ああ、さすがにお分かりなのですね……、少し指を入れたこともありますが、主にオサネを……」

「そうか、いずれ旦那を見つければ、人にしてもらうから、自分でしたいという思いはなくなるだろう」

「人に……？　夫婦になれば、そうしたことをしてもらえるのでしょうか……」

「それは、するだろうさ。子作りの交わりは知っているな？　ただ男のものを入れるだけではない。その前に、いじったり舐《な》めたりしてから交接するのだ」

「舐めるって……、オサネをですか……」

小鮎が顔を上げ、目を丸くして言った。

「ああ、自分の指より、ずっと心地良いと思うだろう？」

「それは、そうですけれど、恥ずかしいです……」

「なあに、男も舐めたいのだから構うことはない。好きなように求めれば良いのだ。どうだろう、私に舐めさせてみないか？」

「ゆ、祐二郎様に……？」

とうとう祐二郎が言ってしまうと、小鮎はビクリと身じろぎ、漂う果実臭をさらに濃く揺らめかせた。

「そ、そんな、お武家様に、畏《おそ》れ多いです……」

「いや、人はみな同じなのだ。実は私も、玄庵先生から医学を学んでみないかと言われているので、女のそうしたものを知っておきたい。この屋敷で淫らなことをしたのは咎めぬから、力を貸してもらえまいか」

祐二郎は巧《たく》みに話をでっち上げて言い寄りながら、もちろん追い詰めるだけでなく快楽の魅力も説いた。

「書物によれば、男にオサネを舐められるのは、自分の指よりも大層心地良いと書かれている。試してみたくはないか？」

「でも……」

「病みつきになる心配はない。良い折があれば、私がいつでもしてあげるし、どのような心地かつぶさに話してくれれば、私の学問の助けになるのだ。どうか私のためだと思って、伏してお願いする」

祐二郎は胸を高鳴らせながら、深々と頭を下げて言った。

「そ、そんな……、分かりました……、でも、誰にも内緒にしてくださいましね……」

「ああ、もちろんだ。では、脱ごう」

彼は促《うなが》したが、小鮎はモジモジして身動きできなくなっている。にじり寄って帯に手をかけると、ようやく彼女も立ち上がり、自分で帯を解きはじめた。

着物と襦袢《じゅばん》を脱ぎ去り、腰巻も解いて外すと、彼はしゃがみ込んだ小鮎を布団に仰向けにさせた。

「ああ、可愛い身体だよ、とっても」

祐二郎は全裸の美少女を見下ろし、激しく勃起しながら言った。

両手で胸を隠しているが、その膨らみは健康的な張りを持っていそうで、雪絵よりもムチムチと弾力に満ちていそうだった。

今まで着物の内に籠もっていた熱気も解放され、甘ったるい匂いを含んで部屋中に満ちてきた。

本当なら、雪絵にしたように乳首から順々に愛撫してゆきたかったが、何しろ彼女は厨で自慰をして下地も出来ているのだ。それに祐二郎も、早く生娘の陰戸《ほと》が見たくて気が急《せ》いた。

彼は小鮎の足の方へ回り、僅《わず》かに立てた両膝を左右全開にして、腹這いになって顔を進めていった。

「アアッ……、は、恥ずかしいです……」

「もっと力を抜いて。医者にでも診てもらう気になればいい」

祐二郎は前進しながら言い、白くむっちりとした内腿の間に顔を割り込ませた。

そして雪絵とは違う、初々しい陰戸に目を凝らした。

下腹から続く白い肌が股間に続き、ぷっくりした丘になっていた。そこには楚々《そそ》とした若草が淡く煙《けぶ》り、割れ目からは僅かに薄桃色の花びらがはみ出していた。

そして全体が湿り気を帯び、悩ましい匂いが股間に籠もっていた。

「中も見るから、触れるよ」

祐二郎は言い、そっと指を当てて陰唇を左右に広げた。

二

「ああン……！　祐二郎様……」

無垢《むく》な陰戸に触れられ、小鮎が鼻にかかった声を震わせた。

祐二郎は、夢中になって花弁の中に目を凝らした。

割れ目内部はヌメヌメと潤う桃色の柔肉で、細かな襞《ひだ》が入り組む膣口も可憐に息づいていた。ポツンとした小さな尿口らしき小穴も確認でき、包皮の下からは男の亀頭を小さくしたようなオサネがツンと突き立っていた。

そしてムッチリとした白い内腿に挟まれた空間には、可愛らしい匂いを含んだ熱気と湿り気が渦巻き、祐二郎は堪《たま》らず顔を吸い寄せられてしまった。

柔らかな若草に鼻を埋めると心地良い感触が伝わり、こすりつけて嗅ぐと、湿った汗とゆばりの匂いが生ぬるく鼻腔を刺激してきた。

「いい匂い……」

「やん……！」

思わず言うと、小鮎がビクッと反応しながら声を上げた。

祐二郎は顔を押しつけながら舌を這わせ、陰唇の表面から徐々に内部に挿し入れていった。外側は、汗かゆばりに似た味わいがあり、中に行くと、やはり雪絵と同じ淡い酸味のヌメリが感じられた。

やはり淫水の味は、武家も町人も、新造《しんぞ》も生娘も変わりないのだ。

彼は舌先で、クチュクチュと無垢な膣口を掻き回し、味と匂いを堪能しながら柔肉をたどり、コリッとしたオサネまで舐め上げていった。

「あぁッ……、ほ、本当に、お武家様に舐められているわ……」

小鮎が、夢見心地に声を上ずらせて喘いだ。

そして祐二郎がオサネを集中的に舐めるたび、新たな蜜汁が湧き出し、内腿が彼の顔をきつく締め付けてきた。

さらに彼は小鮎の脚を浮かせ、白く丸い尻にも顔を迫らせていった。

谷間には、ひっそりと薄桃色の蕾《つぼみ》が閉じられていた。顔を押しつけると、ひんやりとした双丘が密着し、蕾に鼻を埋めると、やはり秘めやかな微香が籠もっていた。

祐二郎は美少女の恥ずかしい匂いを貪《むさぼ》ってから、舌先でチロチロと蕾を舐め、細かな襞の収縮を味わった。

「あう……、い、いけません、そんなこと……」

充分に濡らしてからヌルッと舌を潜り込ませると、小鮎が驚いたように息を詰め、身を強《こわ》ばらせて言った。

祐二郎は少しでも奥まで舐めようと舌を押し込み、滑らかな内壁を味わい、出し入れさせるように蠢《うごめ》かせた。すると、彼の鼻先にある陰戸からは、さらにトロトロと大量の淫水が溢れてきた。

やがて舌を締め付ける肛門から離れ、滴る蜜汁を舐め取りながら再びオサネに吸い付いていった。上唇で包皮を剝《む》き、完全に露出した突起を小刻みに舌で弾くように舐め、生娘の膣口にそっと指を挿し入れてみた。

自分でも試しに入れたのだから、指ぐらいなら痛くないだろう。

中は熱く濡れ、一物を入れたら心地よさそうな襞が蠢いていた。

「アア……、いい気持ち……、でも申し訳ないです……」

小鮎は快感に朦朧《もうろう》としながらも、僅かに残る理性で畏れ多さに身を震わせていた。

やがてチロチロとオサネを舐め、指で入り口周辺をクチュクチュと小刻みに擦るうち、彼女の呼吸が激しく弾んできた。下腹もヒクヒクと波打ち、何度かビクッと腰が跳ね上がった。

「い、いっちゃう……、ああーッ……！」

とうとう小鮎は大きな声を洩らして反り返り、そのままガクンガクンと狂おしく痙《けい》攣《れん》しながら気を遣った。膣口に入った指は痺《しび》れるほどきつく締め付けられ、粗相したように大量の淫水が漏れた。

生娘でも気を遣るのだと感心し、やがて祐二郎は彼女がグッタリとなり、無反応になると指を引き離し、舌を引っ込めて身を起こした。

そして自分も手早く着物と下帯を脱ぎ去り、全裸になって美少女に添い寝した。

桜色の乳首に吸い付き、顔中を膨らみに押しつけると、まだ柔らかさより硬いような弾力が感じられた。

「アア……」

左右の乳首を交互に舐め、優しく吸うと、

小鮎が目を閉じたまま、ビクッと反応して小さく喘いだ。

さらに彼は美少女の腋の下に顔を埋め、ジットリ汗ばんだ窪みに籠もる匂いを嗅いだ。

生ぬるく甘ったるい体臭が悩ましく鼻腔を満たし、可愛らしい和毛《にこげ》の感触も鼻に心地良かった。

さらに汗ばんだ首筋を舐め上げ、喘ぐ唇に迫った。

無垢な唇は、ぷっくりとして桜ん坊のように可愛らしく、間からは白く滑らかな歯並びが覗いていた。鼻を押しつけて嗅ぐと、何とも甘酸っぱい果実のような匂いが鼻腔を刺激し、それに唇で乾いた唾液の香りも入り混じった。

祐二郎は美少女の息を胸いっぱいに嗅ぎながら勃起し、唇を重ねていった。

舌を差し入れて唇の内側を舐め、歯並びをたどると、ようやく彼女も歯を開いて受け入れてくれた。

舌をからめると、それはもう嚙み切って食べてしまいたいほど柔らかく、生温かな唾液に滑らかに濡れていた。

執拗に舐め回し、かぐわしい息を貪っているうち、徐々に彼女も息を吹き返したようにチロチロと舌を蠢かせ、からみつかせてくれた。

彼は小鮎の手を握り、股間に導いて握らせた。

彼女も、恐る恐る手のひらに包み込み、無邪気《むじゃき》にニギニギと動かしてくれた。汗ばんで柔らかな手に包まれ、一物は歓喜にヒクヒクと震えた。

「動いているわ……」

口を離し、小鮎が囁《ささや》いた。

祐二郎は仰向けになり、肉棒を握らせたまま彼女の顔を胸まで押しやり、乳首を舐めさせた。小鮎も熱い息で肌をくすぐり、可愛い舌で乳首を刺激してくれた。

「噛んで……」

「大丈夫ですか……」

小鮎は言いながらも、そっと前歯で乳首を挟んだ。

「もっと強く……」

言うと、彼女もやや力を込め、もう片方も小刻みに噛んでくれた。

「ああ、気持ちいい……」

祐二郎は、甘美な快感に喘ぎ、彼女の手の中で一物を震わせた。さらに彼女の顔を股間へと押しやると、熱い息が一物にかかった。小鮎も、初めて見る男の股間に熱い視線を注いできた。

「そこは嚙まないように……」

言いながら股間を突き出すと、小鮎も察して先端に唇を触れさせてきた。

自分も舐めてもらったから、それほどの抵抗はないようだ。チロリと舌を伸ばし、鈴口から滲む粘液を舐め取り、さらに張りつめた亀頭にもしゃぶり付いた。

「ああ……、気持ちいい……」

祐二郎が言うと、彼女も舌の動きを活発にしてくれ、やがてスッポリと呑み込んでくれた。そのまま喉の奥まで入れ、幹を丸く口で締め付けて吸い、熱い息で恥毛をそよがせながら舌をからめてきた。

美少女の温かく濡れた口に含まれ、一物は内部でヒクヒクと震えた。

「アア……、小鮎……」

祐二郎は快感に腰をくねらせて喘ぎ、思わずズンズンと小刻みに股間を突き上げてしまった。すると彼女も、それに合わせて顔を上下させ、スポスポと濡れた口で強烈な摩擦を開始したのだ。

彼は、いけないかなと迷ったが、雪絵に出来なかったことを、ここでしてしまおうと思った。

「出そうだ……。飲んで……」

祐二郎は口走りながら、とうとう絶頂に達してしまった。大きな快感に全身を貫かれ、同時に熱い大量の精汁をドクンドクンと勢いよく美少女の無垢な口にほとばしらせてしまったのだった。

「ク……、ンン……」

喉の奥を直撃され、小鮎は驚いたように小さく呻いた。

しかし口を離したり、歯を立てるようなこともなく噴出を受け止めてくれ、祐二郎は最後の一滴まで出し尽くしてしまった。

噴出が止むと、小鮎は亀頭を含んだまま口に溜まったものをゴクリと喉に流し込んだ。

「あう……」

飲み込まれると同時に、口の中がキュッと締まり、駄目押しの快感に彼は呻いた。

小鮎は何度かに分けて飲み干し、ようやく唇を離した。そして両手で幹を支えながら、鈴口から滲《にじ》む余りの雫《しずく》を丁寧に舐め取ってくれた。

「アア……」

祐二郎は過敏に反応して喘ぎ、小鮎は全てすすり、綺麗にしてくれた。

彼は小鮎を抱き寄せ、再び添い寝して乳臭い髪に顔を埋めながら余韻を嚙み締めた。

「有難《ありがと》う。気持ち良かった……」

「いいえ、私も気持ち良かったです……」

囁くと、小鮎が彼の胸に顔を埋めながら答えた。

祐二郎は愛《いと》しくて、この一回では気が済まないほど急激に回復してきてしまった。

「小鮎、頼みがあるのだが……」

「そんな、何でもお命じ下さいませ」

「そうか、ならば立ち上がってくれ」

彼が言うと、小鮎は素直に身を起こし、全裸のまま立ち上がった。

三

「では、私の顔に足を載せてくれ」

祐二郎が仰向けになったまま言うと、小鮎はビクリと立ちすくんで目を丸くした。

「そ、そんなこと、出来るはずありません……」

「いや、してほしい。二人だけの秘密だ」

「だって、お武家様の顔を踏むなんて……」

小鮎は、可哀相《かわいそう》なほどガタガタ膝を震わせていた。その彼女の手を引っ張り、顔の横まで身を進めさせた。

「さあ、そうしてほしいのだ」

祐二郎は執拗にせがみ、彼女の足首を摑《つか》んで浮かせ、顔に引き寄せた。

「あん……」

小鮎は小さく声を洩らし、壁に手を突いて身体を支えた。祐二郎は強引に足首を持って固定し、美少女の足裏を顔に受けながら陶然《とうぜん》となった。

彼は舌を這わせ、生温かな踵《かかと》から土踏まずまでたどり、縮こまった指に鼻を割り込ませて嗅いだ。そこは汗と脂にジットリと湿り、ムレムレになった匂いが可愛らしく籠もっていた。

祐二郎は爪先にもしゃぶり付き、指の股に順々にヌルッと舌を割り込ませた。

「アアッ……、駄目です、汚いのに……」

小鮎が、泣きそうな声で言いながら腰をくねらせた。

彼は充分に味わってから足を交替させ、やはり新鮮な味と匂いを隅々まで貪ってから、ようやく口を離した。

そして足首を摑んで、強引に顔に跨らせた。

「さあ、しゃがみ込んでくれ、厠《かわや》のように」

「ああ……、罰が当たります……」

手を引っ張られ、小鮎は激しく喘ぎながらも、ゆっくりとしゃがみ込んできた。

祐二郎の目の前に、無垢な陰戸が近々と迫ってきた。しゃがんだため内腿と脹《ふく》ら脛《はぎ》は、細い血管が透けるほどむっちりと張りつめて量感を増し、丸みを帯びた割れ目からは、さらに新たな淫水が溢れていた。

彼は腰を抱き寄せ、あらためて若草に鼻を埋め込み、汗とゆばりの匂いを嗅いだ。

そして舌を這わせ、淡い酸味の蜜汁をすすった。

「小鮎、ゆばりを出してくれないか……」

祐二郎は、玄庵の本に書かれていたことを求め、興奮に胸を高鳴らせた。

「そ、そんなこと……」

衝撃の連続に、小鮎は今度こそ度肝を抜かれて絶句した。

「もしかして、私を無礼打ちにするのですか……」

「そんなことはしない。一度でよいから、美しい少女の出すものを飲んでみたいだけなのだ。実はこれも、媚薬効果があるかどうかという学問のためなのだ」

祐二郎は言い、執拗にオサネを舐めてはヌメリをすすった。

「で、でも……、あん、そんなに吸ったら、本当に出てしまいます……」

小鮎も快感に朦朧とし、膣口を収縮させながら声を震わせた。

「少しでも良いから、さあ……」

彼が執拗に求めると、とうとう小鮎も息を詰め、下腹に力を入れて尿意を高めはじめたようだ。

そして柔肉を舐めているうち、急に迫《せ》り出すように内部が盛り上がり、淫水とは違う温もりと味わいが感じられはじめたのだ。

「あう……、出ちゃう……」

小鮎が言うと同時に、ポタポタと黄金色の雫が滴《したた》り、それがチョロチョロとした一条の流れとなって彼の口に注がれてきた。

祐二郎は慌てて顔を上げ、大きく開いた口を割れ目に当てて夢中で飲み込んだ。温かいが、味と匂いは分からず、とにかく噎《む》せないよう喉に流し込むのが精一杯だった。

それでも、あまり溜まっていなかったようですぐに流れは弱まり、再び雫が点々と滴るだけとなった。

彼はあらためて淡い味と匂いを嚙み締め、舌を這わせて内部に溜まった余りの雫をすすった。

「アア……」

小鮎も力尽き、とてもしゃがみ込んでいられず、彼の顔の左右に両膝を突いた。

祐二郎がなおも執拗にオサネを舐めると、たちまち残尿は新たな淫水に洗い流された。

もう我慢できず、祐二郎は顔にぺたりと座り込んだ小鮎を、股間まで移動させた。

「さあ、嫌でなかったら、自分で入れてごらん。痛かったら止めて良いから」

彼が言うと、小鮎も激しく息を弾ませながら、好奇心に突き動かされるように陰戸を迫らせ、一物の先端を押し当てた。

そして息を詰め、ゆっくりと受け入れながら、腰を沈み込ませてきたのだ。

張りつめた亀頭が、生娘の膣口を丸く押し広げ、ズブリと潜り込んでいった。

「ああッ……！」

小鮎は眉をひそめてのけぞりながらも、大量のヌメリと自分の重さに助けられ、そのまま完全に座り込んでしまった。

祐二郎は、雪絵よりずっと熱く狭い柔肉に包まれ、締め付けられながら必死に暴発を堪えた。小鮎は彼の股間にぺたりと座り込み、短い杭に貫かれたように上体を硬直させていた。

動かなくても、若々しい躍動がドクドクと奥から一物に伝わってくるようだ。

やがて彼女は、上体を起こしていられなくなったように身を重ねてきた。

「大丈夫かい？　痛ければ止めていいよ」

「いいえ、平気です……」

下から抱き留めながら囁いたが、小鮎は健気《けなげ》に答え、キュッキュッと息づくような収縮を繰り返した。

祐二郎もまだ動かず、初めて生娘に挿入した感激と快感を嚙み締めていた。

そして両膝を立て、彼女の内腿や尻の感触も味わいながら、かぐわしい口に迫った。

「私の口に唾を垂らして……」

「そんな……、汚いです……」

「ゆばりだって出したのだから、もう何もかも大丈夫だろう」

「ああッ……」

思い出したように小鮎が喘ぎ、さらにきつく締め上げてきた。

そして再三せがむと、ようやく彼女もぷっくりした唇をすぼめ、白っぽく小泡の多い唾液をトロトロと彼の口に垂らしてきてくれた。

祐二郎は舌に受け止め、生温かく適度な粘つきのある唾液を飲み込み、喉を潤しながら酔いしれた。

「ああ、美味しいよ。とっても……」

「う、嘘です、そんなの……」

小鮎は言ったが、さらに彼に求められ、出る限り注いでくれた。

「今度は、顔に思い切り吐きかけて」

「そ、そんなこと……、無礼打ちにされます……」

「そんなことしないさ。可愛い小鮎の唾にまみれてみたいだけだ」

祐二郎は、彼女の内部でヒクヒクと幹を震わせながらせがんだ。

「ああん、困ったわ……」

小鮎は破瓜《はか》の痛みも忘れ、息を震わせて迷った。そしてほんの少しだけ、そっとペッと彼の鼻筋に唾液を吐きかけてくれた。

「駄目、もっと強く。顔中ヌルヌルになるまで」

言いながら、徐々に股間を突き上げはじめると、

「アアッ……！」

次第に彼女も喘ぎはじめ、痛みと快感と、生娘でなくなった感慨などに包まれながら、感覚も朦朧として強く吐きかけるようになってきた。甘酸っぱい息が顔を撫で、ひんやりした唾液の固まりが鼻筋を濡らし、頬の丸みを伝い流れた。

「き、気持ちいい……」

祐二郎は急激に高まり、彼女の顔を引き寄せ、可愛い口に顔中をこすりつけながら股間を突き上げた。すると彼女もヌラヌラと舌を這わせてくれ、祐二郎の顔中に唾液を満遍《まんべん》なく塗りつけてくれた。

祐二郎は、美少女の清らかな唾液に顔中まみれ、甘酸っぱい口の匂いを嗅ぎながら急激に高まっていった。

「い、いく……、ああッ……！」

たちまち大きな絶頂の快感に全身を貫かれ、彼は喘ぎながら、ありったけの熱い精汁をドクンドクンと勢いよく美少女の柔肉の奥にほとばしらせてしまった。

「あん……、出ている……、熱いわ……」

小鮎も、噴出を感じ取ったようにビクリと身じろぎながら口走り、まるで飲み込むように膣内を収縮させた。内部に満ちる精汁に、さらに律動がクチュクチュと滑らかになり、湿った摩擦音が響いた。

「アア……」

小鮎も次第に夢中になったように喘ぎ、上から腰を使ってきた。

してみると、ほんの少し指を入れたのではなく、相当試しに愛撫していたのだろう。

この分なら、挿入により気を遣ることも、そう遠くないだろうと祐二郎は快感の中で思った。

やがて最後の一滴まで出し切ると、彼は徐々に動きを弱めていった。

そしてすっかり満足して力を抜き、美少女の甘酸っぱい息で鼻腔を満たしながら、うっとりと快感の余韻に浸り込んでいった。

小鮎も力尽きたようにグッタリともたれかかり、荒い呼吸を繰り返すばかりだった。

祐二郎は呼吸を整え、ゆっくりと小鮎を横にさせながら股間を引き離し、身を起こして観察した。

陰戸は痛々しく陰唇がめくれ、膣口から逆流する精汁に、うっすらと血の糸が走っているのが認められた。

「大丈夫か……?」

「ええ、痛くありません。それに前から、してみたかったから……」

思っていた以上に小鮎は明るく答え、泣くようなこともないので祐二郎はほっとすると同時に、その天真爛漫《てんしんらんまん》さに拍子抜けする思いだった。

四
「あ、義姉上、お帰りでしたか……」

夕刻、祐二郎が戸締まりを見て回ろうとしたとき、いきなり雪絵が帰ってきたので彼は驚いた。

昼間は小鮎と戯《たわむ》れたあと、一緒に昼餉を済ませ、やがて彼女は夕餉の仕度をして帰っていった。祐二郎は読書と昼寝をし、井戸端で身体を流し、そして日が傾く頃に一人で夕餉を終えたところだったのだ。

「ええ、他の親戚も多く来ていて、皆が泊まるのは難儀のようでした。それに旦那様も、まだお城でやることが残っていると、また宿直に行ってしまったので、一緒に出てきたのです」

「そうでしたか」

祐二郎は言い、とにかく彼女を中に入れ、門と玄関の戸締まりをした。

そして彼は急いで雪絵の寝室に行燈《あんどん》の火を移し、床を敷き延べてやった。

「義姉上、夕餉は」

「済ませました。祐二郎さんも、今宵《こよい》は離れではなく、ここで一緒に休みましょう」

「しょ、承知しました……」

やはり、少しでも多く情交したいのだろう。もちろん祐二郎も、昼間小鮎と二回したとはいえ、昼寝をして身体を休めたし、また男というものは相手が変われば新たな淫気が湧くらしく、早くも股間が熱くなってきてしまった。

「では、急いで身体を流して参りますので、少しお待ちを」

雪絵が言うので、それを彼は押しとどめた。

「どうか、今のままでお願い致します。身体を洗うのは、全て済んだあとに……」

「なぜです。今日は遠出したうえ手伝いで立ち働き、相当に汗をかいております」

「いえ……、私は、義姉上の自然のままの匂いが何より好きなのです。ですから、少々ご気分も悪いでしょうが、さっぱりなさるのは後回しに……」

祐二郎が懇願すると、雪絵は少しためらったが、やがて小さく頷いた。

「分かりました。元より無理を頼んでのこと、少しでも意に沿うよう努めましょう。その方が、祐二郎さんの淫気が増すのであれば……」

「有難うございます」

雪絵の言葉に祐二郎は礼を言った。

そして彼はいったん離れに戻って寝巻に着替え、戸締まりを見てから行燈を消して母屋へと戻ってきた。

すると、すでに雪絵も着物を脱ぎ去ったところだった。しかし寝巻には着替えず、大胆にもそのまま布団に横たわったのである。

「さあ、では今宵も子作りのお手伝いをしてくださいませ」

言われて、彼も手早く寝巻を脱ぎ去り、全裸になって添い寝していった。

「義姉上……」

祐二郎は、また甘えるように腕枕してもらい、慕情に突き動かされながら豊かな乳房に顔を埋め込んでいった。

色づいた乳首に吸い付き、顔中を柔らかな膨らみに押しつけると、やはり小鮎とは比較にならない量感が包み込んでくれた。胸元や腋からも、生ぬるく甘ったるい汗の匂いが濃厚に漂い、その刺激が悩ましく一物に伝わってきた。

のしかかるようにして、もう片方にも吸い付き、充分に舌で転がした。

「アア……」

ようやく、雪絵も熱い喘ぎ声を洩らしはじめた。

祐二郎は左右の乳首を交互に愛撫し、さらに腋の下にも顔を埋め込んで、腋毛に鼻をこすりつけて熟れた体臭を嗅いだ。

「あう……、くすぐったい……」

雪絵がビクッと肌を震わせて言い、やがて身を起こしてしまった。そして今度は彼女が行動を起こし、仰向けにさせた祐二郎の股間に屈み込んできたのだ。幹に指を添え、そっと先端に舌を這わせた。

「ああ……」

祐二郎は夢のような快感に喘ぎ、チロチロと鈴口を舐められるたび幹を震わせた。

雪絵も、もう何のためらいもなく丸く開いた口で亀頭を含み、熱い息を彼の股間に籠もらせながら、モグモグと喉の奥まで呑み込んでいった。

彼は、兄嫁の温かく濡れた口の中で舌に翻弄《ほんろう》されて高まり、清らかな唾液に根元まで心地良くまみれた。

そして雪絵は充分にしゃぶってからスポンと口を離し、さらに子種の製造を促すかのようにふぐりにも舌を這わせてから、身を起こしてきた。

「さあ、じゃまた茶臼《ちゃうす》（女上位）が良いのですか？」

雪絵が言ったが、もちろんまだ交接は早かった。

「わ、私も舐めたいです……」

「今日は、相当に汗ばんでいると申しているのに」

「構いません。どうか、まず私の腹にお座り下さい。先に足から……」

祐二郎は仰向けのまま彼女を引き寄せ、腹に跨《またが》ってもらった。そして座らせ、立てた両膝に寄りかからせた。

「アア……、重いでしょうに……」

雪絵も喘ぎながら言いつつ、好奇心に突き動かされ、いつしか言いなりになっていた。

下腹に陰戸が密着して吸い付き、すでに濡れていることが分かるほど、温もりとヌメリが伝わってきた。

そして彼は、兄嫁の両足を引き寄せて顔に乗せた。これで、腹と顔に彼女の体重が全てかかった。

「あう……、このようなこと、殿方にするなど……」

雪絵は声を震わせ、それでも義弟に足裏を舐められて次第にうっとりとなってきた。

祐二郎は舌を這わせ、指の股に鼻を割り込ませた。今日も彼女の指の股は汗と脂に湿って、濃厚に蒸れた匂いを籠もらせていた。

爪先にしゃぶり付き、指の股にヌルッと舌を割り込ませ、味と匂いが薄れるまで貪ってから、彼女を顔まで引き寄せた。

「ああ……、やはり、普通じゃありません。痴《し》れ者のすることですよ……」

雪絵はたしなめるように言いつつも、とうとう彼の顔に跨り、厠に入ったようにしゃがみ込んでしまった。

祐二郎は真下から兄嫁の陰戸を見上げ、内腿の間に籠もった熱気と湿り気に顔中を包み込まれた。

もちろん割れ目からはみ出した陰唇は、ネットリとした大量の淫水にまみれ、オサネも光沢を放って愛撫を待つように突き立っていた。

彼は豊満な腰を抱き寄せ、黒々とした茂みに鼻を押しつけていった。

柔らかな感触を感じながら嗅ぐと、汗とゆばりの匂いが濃厚に鼻腔を掻き回し、舌を這わせると淡い酸味の蜜汁が口に流れ込んできた。

祐二郎は兄嫁の体臭で胸を満たし、膣口からオサネまで貪欲に舐め上げていった。

「アアッ……、き、気持ちいい……!」

雪絵も夢中になって喘ぎ、いつしかグイグイと彼の口にオサネを押しつけてきた。

祐二郎は心地良い窒息感の中、真下から兄嫁の陰戸を舐められる幸せを噛み締めた。

そして味と匂いを堪能してから、白く丸い尻の真下にも潜り込み、顔中を双丘に密着させながら谷間の蕾に鼻を埋め込んで嗅いだ。

今日も、秘めやかな匂いが悩ましく籠もり、彼は何度も嗅ぎながら勃起した一物をヒクヒクと上下させた。

舌を這わせ、襞の収縮を味わい、中にもヌルッと押し込んで粘膜を舐め回した。

「く……、駄目……」

祐二郎はしばらく執拗に舌を蠢かせていたが、その部分は相当に羞恥と抵抗があるようで、やがて雪絵は自ら股間をずらしてしまった。

再び陰戸を舐め、新たな蜜汁をすすり、オサネに吸い付いて舌先で弾くように愛撫し続けると、

「も、もういいわ……」

雪絵が絶頂を迫らせたように言い、自ら彼の顔から股間を引き離した。

そして仰向けの祐二郎の身体の上を移動してゆき、一物の先端を濡れた陰戸に受け入れていった。

「アアーッ……！」

ヌルヌルッと一気に交接して座り込むと、雪絵は顔をのけぞらせて喘いだ。

祐二郎も肉襞の摩擦と締め付けに暴発を堪え、股間に兄嫁の重みを受け止めながら快感を嚙み締めた。

一物は深々と吞み込まれて股間が密着し、雪絵が何度かグリグリと腰を動かしてから、ゆっくりと身を重ねてきた。

祐二郎も下から抱き留め、汗ばんだ肌を全身に感じながら小刻みに股間を突き上げはじめた。

「ああ……、奥まで当たるようです。なんて気持ちいい……」

雪絵も、武家の新造らしからぬことを口走り、動きに合わせて腰を使ってきた。

祐二郎は唇を求めて抱き寄せ、舌をからめた。

「ンン……」

彼女も腰を動かしながら熱く呻き、彼の舌に吸い付いて、甘い唾液と吐息を惜しみなく与えてくれた。やがて祐二郎は、充分に舌を舐めてから、兄嫁のかぐわしい口に鼻を押し込み、白粉臭の息で胸をいっぱいに満たして興奮した。

五

「なんて、いい匂い……、義姉上のお口に、身体ごと入りたい……」

祐二郎は、膣内でヒクヒクと幹を震わせながら、うっとりと言った。

「そんな、はしたない……。犬のように人の口を嗅ぐなど……」

「だって、本当にこの世で一番良い匂いなのですから……」

祐二郎は、こうして甘えるような会話をしているだけで激しく高まってきた。

もちろん雪絵も快感を高めているので、いつしか彼が望むだけ、熱く湿り気ある息を吐きかけてくれた。

「い、いきそう……」

祐二郎は熟れ肌にしがみつきながら口走り、股間の突き上げを速めていった。

陰戸からも、大量の淫水が漏れて律動を滑らかにさせ、彼のふぐりから内腿までネットリと濡らしてきた。

「お出しなさい。私の中に、沢山……、アアッ……！」

雪絵も急激に高まったように喘ぎ、膣内を締め付け、股間をこすりつけてきた。

互いの茂みがこすれ合い、股間の丘の奥からは、コリコリする恥骨の膨らみまで伝わってきた。

「いく……、義姉上、ああッ……！」

たちまち彼は大きな絶頂の渦に巻き込まれ、身悶えながら喘いだ。同時に、ありったけの熱い精汁がドクドクと勢いよく内部にほとばしった。

「アア……、き、気持ちいい、もっと出して、ああーッ……！」

噴出を受け止めた途端、雪絵も激しく気を遣って口走り、がくんがくんと狂おしく全身を波打たせた。膣内の収縮も最高潮になり、淫水も潮を噴くように互いの股間をビショビショにさせた。

祐二郎は、兄嫁の中に心おきなく最後の一滴まで出し尽くした。

すっかり満足し、徐々に動きを弱めながら力を抜くと、

「ああ……、溶けてしまいそう……」

雪絵も心地よさげに声を洩らし、ぐったりと彼に体重を預けてもたれかかってきた。

彼は雪絵の温もりと重みを受け止め、熱く甘い息を間近に嗅ぎながら、うっとりと快楽の余韻を嚙み締めた。

そして内部でピクンと幹が跳ね上がるたび、

「あう……」

雪絵は膣内の天井を刺激されて呻き、暴れる一物を押さえるようにキュッと締め付けてきた。

彼女は何度か思い出したように余韻の波が押し寄せ、そのたびにビクッと肌を震わせていたが、その痙攣も治まったようだ。

「するたびに、良くなります……」

雪絵が、荒い呼吸を整えながら囁いた。身体が熟れているのだから当然であり、要するに洋之進の手抜きが原因なだけなのだ。まあ、だからこそ自分が出来たのだから、祐二郎は兄に感謝したい思いだった。

ようやく彼女がそろそろと股間を引き離して添い寝し、しばし肌をくっつけていたが、やがて身を起こした。

「では、身体を流してきますね……」

気怠《けだる》げに言って立ち上がったが、彼も一緒について行った。

そして勝手口から井戸端に出て、祐二郎は水を汲み、しゃがみ込んだ雪絵に浴びせてやった。彼女も自分で陰戸を洗い、義弟の一物も優しく洗ってくれた。

もちろん祐二郎は、今夜はこれで終わりにするつもりはない。

どうせ朝まで同じ床で寝られるのだ。それを思うと、洗ってもらいながらすぐにもムクムクと回復していった。

「まあ、何度でも出来るのですね……」

雪絵が驚いて言い、愛しげに勃起した亀頭を撫でてくれた。

たちまち祐二郎は我慢できなくなり、簀《すのこ》の子に座り込んだまま、兄嫁を目の前に立たせた。

「ね、義姉上、こうして……」

「何をするのです……」

祐二郎は座ったまま、正面に立った雪絵の片方の足を浮かせて、井戸のふちに載せさせた。そして開かれた股に顔を寄せた。

「どうか、義姉上、このままゆばりを放ってくださいませ」

祐二郎は、恥ずかしい要求に激しく胸を高鳴らせた。

「何ですって……？」

「どうしても、そうしてほしいのです」

「だって、このまま出したら顔に……」

「はい、義姉上の出したものを、どうしても浴びたいのです」

「何ということを……」

雪絵は呆《あき》れたように嘆息したものの、陰戸からは新たな蜜汁が溢れはじめていた。

祐二郎は、濡れた恥毛に鼻を埋めて舌を這わせた。濃厚な体臭は薄れてしまったが、淡い酸味のヌメリは量を増してきた。

「アア……、まさか、こんなことをするとは……」

雪絵は片足を上げて股を開いたまま、声を震わせて喘いだ。そして義弟の望むまま、下腹に力を入れはじめたのだ。

やがて割れ目内部の柔肉が、迫り出すように盛り上がり、何度か波が押し寄せるように下腹が震えた。

「ほ、本当に良いのですね……、アア……、出てしまう……」

雪絵が声を上ずらせて言うと、たちまち柔肉の味わいが変わった。

温かな水流が漏れはじめ、次第に勢いが付いて彼の口に注がれてきた。

祐二郎は歓喜に胸を震わせながら飲み込み、兄嫁の温もりと味わいを胸いっぱいに噛み締めた。

「ああ……、莫迦《ばか》ね、何をしているの……」

ゆるゆると放尿を続けながら、雪絵は彼が飲み込む様子に気づいて言った。

しかし流れは止めようもなく、昼間の小鮎以上に溜まっていたようで、温かなゆばりは延々とほとばしり続けた。

口から溢れた分が喉から胸、腹から股間へと伝い流れ、勃起した一物を心地良く浸してくれた。味と匂いは淡いが、やはり淫水とは違う趣があり、それ以上に兄嫁から出たものを取り入れる感激と悦びが絶大だった。

ようやく流れが弱まり、やがて点々と滴るだけとなった。

祐二郎は陰戸に舌を這わせ、余りの雫をすすった。

「アア……、いい気持ち……」

雪絵はうっとりと目を閉じ、ヒクヒクと下腹を波打たせて出し切った。

舐めていると、たちまち内部は新たに溢れた淡い酸味のヌメリに満ちてきた。

雪絵は足を下ろし、祐二郎も顔を引き離した。

そしてもう一度彼女の股間と、ゆばりの伝い流れた脚を洗ってやり、自分も水を浴びてから互いの身体を拭いた。

全裸のまま部屋に戻ると、雪絵もまた新たな淫気に包まれ、しないではいられないほど熟れ肌を火照《ほて》らせていた。

「もう力が入りません。祐二郎さんが、上からして……」

やがて彼女は仰向けになって言い、祐二郎も、もう一度兄嫁の股間に顔を埋め、ヌメリを確かめるように舌を這わせた。

「あう……、は、早く……」

雪絵は喘いで言い、淫水ももう充分すぎるほど溢れていた。

彼も口に残る味わいに高まり、すぐにも身を起こして股間を進めていった。先端を陰戸に押し当て、潤いを与えるようにこすりつけながら位置を定めた。

ゆっくりと押し込んでいくと、心地良い肉襞の摩擦が一物を包み込んだ。

「ああッ……、いい……」

ヌルヌルッと根元まで挿入すると、雪絵がビクッと顔をのけぞらせて喘いだ。

祐二郎は深々と押し込んで股間を密着させ、脚を伸ばして身を重ねていった。彼女も、すぐに下から両手を回して抱き留めてくれた。

胸の下では豊かな乳房が柔らかく押し潰《つぶ》れて弾み、息づく熟れ肌に身を預けるのは何とも心地良かった。

待ちきれないように、雪絵がズンズンと股間を突き上げてくるので、それに合わせて祐二郎も腰を突き動かしはじめた。

「アア……、もっと強く、奥まで突いて……」

雪絵が彼の背に爪まで立てて喘いだ。

まさか、淑《しと》やかで凛《りん》とした兄嫁が、ここまで快楽に溺《おぼ》れるとは思ってもおらず、祐二郎は激しい興奮に見舞われ、あらためて彼女と一つになっている感激を噛み締めながら律動を続けた。

滑らかな動きに合わせ、無尽蔵に溢れる淫水がピチャクチャと湿った摩擦音を響かせはじめた。

祐二郎は次第に強く深く動きながら唇を重ね、熱く甘い息と清らかな唾液を吸収し、柔らかな舌を心ゆくまで舐め回した。

「い、いく……、アアーッ……！」

たちまち彼女が口を離してのけぞり、淫らに唾液の糸を引きながら喘いだ。

そして彼を乗せたままガクンガクンと狂おしく腰を跳ね上げて気を遣り、祐二郎もしがみつきながら、艶めかしい膣内の収縮に巻き込まれて昇り詰めた。

熱い精汁を勢いよく内部にほとばしらせると、雪絵が駄目押しの快感に硬直し、きつく一物を締め付けてきた。

祐二郎は心おきなく出し尽くし、力を抜きながら兄嫁にもたれかかり、うっとりと余韻に浸り込んだのだった……。

第三章　素破《すっぱ》に淫法の手ほどき

一

「わざわざ有難《ありがと》うございました。では祐二郎さん、礼さんをお送りしてくださいな」

雪絵に言われ、祐二郎は頷《うなず》いて薬箱を持ち、礼と一緒に番町の屋敷を出た。

今日は、昼前に両親が谷中から戻ったが、また父が腰を痛めてしまったので、彼はもう一日学問所を休んで玄庵の家まで膏薬《こうやく》を貰いに行ったのだ。

すると玄庵が居《お》らず、礼が一緒に来てくれ、父の腰を処置してくれたのである。

玄庵は、今日は夕刻まで小田浜藩の上屋敷に行っているということだった。

「あれ……」

歩きながら、祐二郎は怪訝《けげん》な思いにとらわれ、何度となく後ろからついてくる礼を振り返ってしまった。

前から、暗くて地味な女だと思っていたが、今日はなぜか美しく見えるのである。

特に彼女が化粧をしているというわけではないし、立ち振る舞いや着物が替わったということもないのに、実に神秘的で妖《あや》しい美女に見えるのである。

「私が、どうかしましたか」

礼が、表情も変えずに言う。

「いや、済まぬ、何度も見たりして……」

「影の薄い、不器量な女とお思いでしたでしょう」

礼が笑みを含んで言うと、ぞっとするほど艶《あで》やかだった。

「そ、そんなことは思っていないが、なぜか今日は、ことのほか美しく見える……」

祐二郎が、臆面《おくめん》もなく正直に言ってしまうと礼が笑った。

「ほほ……、それは私でなく、祐二郎様が変わったのですよ」

「え？　どういうことかな……？」

「女をお知りになると、誰でも綺麗に見えてくるものなのですよ」

「そ、そんな……」

言われて、祐二郎は何もかも礼に見透かされたような気になり、狼狽《うろた》えて赤面した。

「そうなのだろうか……」

呟《つぶや》くと、礼はさらにクスクスと笑い続けた。

「正直ですね、祐二郎様は。お相手は雪絵様ですか、小鮎ちゃんですか、それとも両方？」

「ば、莫迦《ばか》な……！」

「申し訳ありません。そんなはずありませんものね」

礼は笑みを抑えて言い、やがて小川町へと向かう近道で、神社の境内《けいだい》を横切った。

すると、そこに重吾と周三が現われたのだ。

「山葉、やけに楽しそうだな」

「昨日も今日も稽古を休んで何のつもりだ」

二人が、前後を挟んで詰め寄りながら言った。

「いえ、家の都合ですので仕方ありませんでした」

祐二郎は答えながらも、恐怖と緊張に腹の底が震《ふる》えてきた。

「そうか、ならばここで稽古だ。今日は得物を持ってきたぞ」

重吾が言い、二本の袋竹刀《ふくろしない》を出し、一本を祐二郎に投げ渡してきた。袋竹刀は、ササラになった竹が布袋に包まれ、防具なしで叩き合うためのものだ。むろん脳天を打たれれば昏倒《こんとう》するほど痛い。

祐二郎は受け取ったものの、稽古などする気はなかった。

「さあ来い！」

重吾は大小を帯びたまま、袋竹刀を青眼《せいがん》に構えて怒鳴った。

「来なければ、こちらから行くぞ。あッ……！」

と、踏み込もうとした重吾が声を上げ、またいきなり顔を押さえて屈み込んでしまったのだ。

「どうしました。立ちくらみですか……」

祐二郎は言ったが、思わず彼は気づいて礼の方を見た。先日も、そこに礼がいて、気色《けしき》ばんだ重吾が攻撃しようとした寸前に蹲《うずくま》ったのだ。

「エエイ、島村、何をやってる。ならば俺が相手だ」

周三が言い、重吾の得物を手にして身構えた。

「あの、私がお相手いたしましょう。祐二郎様は、玄庵先生のお遣いで薬箱を持っていますので」

礼が涼やかな顔つきで言い、祐二郎の手から袋竹刀を取った。

「女！　ふざけるな。あ……！」

周三は怒鳴って大上段に構えるなり、彼女の切っ先を喉元に突きつけられて硬直した。

礼は笑みを含んだまま、袋竹刀を右手に持ち、さらに周三を追い詰めた。すると彼の背が立木に突き当たり、それ以上後退できなくなった。

「どうしました。女一人ぐらい、やっつけられないのですか」

礼が静かに言ったが、周三は青ざめたまま身動きできなくなっていた。それは、まるで蛇に睨《にら》まれた蛙のような状態だった。

さらに礼は、袋竹刀の先で、周三の肩を軽くトントンと叩いたのである。

「う、うわあ、よせ……！」

周三は言いながら、膝から砕《くだ》けるようにして、幹を伝って座り込んでしまった。

あたかも鉄の棒で叩かれたように、大袈裟《おおげさ》な反応で、見ていた祐二郎はわけが分からなかった。

と、そこへ重吾が立ち上がり、無謀にもいきなり真剣を抜刀して礼に斬りかかったのである。相当に逆上し、ここで町娘を斬ったら、あとで大変なことになるという考えすら浮かばなかったようだ。

祐二郎はビクリと立ちすくんだが、その瞬間、礼は攻撃をかわして跳躍し、草履《ぞうり》の裏で重吾の顔面を蹴っていたのである。それは、夢でも見ているように、信じられない光景であった。

「ぐわッ……！」

ひとたまりもなく重吾は奇声を発し、両足を上にして仰向けにひっくり返った。

礼は、音もなく地に降り立ち、二人に対し油断なく身構えていた。

「き、貴様……、武士の顔を足蹴にしたな……」

重吾が、鼻血を滴《したた》らせながら憤怒《ふんぬ》の形相で起き上がってきた。

「武士が聞いて呆《あき》れます。働かず稼げず、下のものに威張るだけの武士など、消えて無くなれば良いのに」

「お、おのれ……」

重吾は刀を構えながら声を絞り出し、再び斬りかかってきた。さらに、呪縛《じゅばく》の解かれた周三も同時に、礼の横から斬りかかってきたのだ。

今度こそ危ない、と思って祐二郎が身をすくめて目を覆《おお》おうとしたが、勝負は一瞬にしてついていた。

「ウッ……！」

「ぐえ……」

二人は脾腹《ひばら》を蹴られ、重なるように倒れた。

しかも二人の手から得物が消えて無くなり、さらに脇差《わきざし》まで消失していたのだ。

祐二郎が周囲を見て探すと、二人の大小合わせて四振りの刀は、立木の高い幹に突き立っていたのである。

これは、梯子《はしご》でも持ってこなければ取ることは出来ないだろう。

「これが本当のカタナシですね。少しは恥を知り、鞘のままお帰りなさい」

礼が袋竹刀を捨て、二人の前にスックと立って言い、さらに二人の顔に向けてペッと唾まで吐きかけたのである。

その颯爽《さっそう》たる美しさに、祐二郎は思わず漏らしそうになるほどだった。

重吾も周三も、もうすっかり戦意を喪失し、身を寄せ合って呆然とするばかりだった。

「さあ、参りましょう」

礼が振り返って言い、祐二郎は驚いたように頷き、一緒に足早に境内を抜けていった。

「ど、どこで修行を……？　生半可な技ではないだろうに……」

ようやく、祐二郎は呼吸を整えて言った。

「私は小田浜藩のご領内にある、姥山《うばやま》の素破《すっぱ》なのですよ」

「す、素破……」

この泰平の世にも、忍びというものがあるのかと祐二郎は驚いた。してみると姥山の衆は、代々小田浜藩に仕えてきたのだろう。

「私は玄庵先生の供として、江戸見聞をする一人に選ばれたのです」

「では先日、島村様が急に蹲ったのも……」

「石飛礫《いしつぶて》です。小石を指で弾き、顔に当てただけ」

礼は事も無げに言うが、大の男が屈み込むのだから、その技一つ取っても相当な鍛《たん》錬《れん》を要するのだろう。

やがて玄庵の家に着き、祐二郎は上がり込んで薬箱を置いた。そして何やら、この神秘の美女と離れがたい気持ちになってしまった。

最初は礼を、あんなに地味だと思っていたのに、なんて見る目がなかったのかと今になって思った。

「構いませんよ」

「え？　何が……？」

いきなり礼に言われ、祐二郎はなぜか狼狽《ろうばい》して答えた。

「私に淫気を催したのでしょう。玄庵先生の本を読んだなら、さらに実地でお勉強しましょう」

礼が言い、縁側の障子《しょうじ》を閉めて床を敷き延べはじめたではないか。

やはり素破となると、まだ女を知りはじめたばかりの祐二郎の淫気など、簡単に見透かせるのだろう。そしておそらく、さっき言った通り雪絵や小鮎との関係も、すでに彼女は確信しているに違いなかった。

「姥山の衆は、戦う術以上に、淫法が得意なのです」

「い、淫法……？」

「ええ、男女の交わりに関する、あらゆる術です」

礼が、ためらいなく帯を解きながら言った。

淫法とは、後継ぎの出来ない主君の淫気を増大させたり、あるいは戦時に敵を色事で籠絡《ろうらく》する技らしい。

やがて祐二郎も大小を置き、袴《はかま》と着物を脱いで全裸になっていった。

二

「ご覧下さいませ。女には、それぞれ感じるところが異なります」

布団に仰向けになった礼が、彼の方に向け大股開きになって説明してくれた。

祐二郎も、腹這いになって恐る恐る彼女の陰戸《ほと》に顔を寄せて目を凝らした。

二十一歳ということだが、陰唇は実に小振りでツヤツヤした光沢と張りがあった。

元より素破は、武家や町人とは異なる世界に住んでいるせいか、武士の祐二郎が股《また》座《ぐら》に顔を突っ込んでも平然としていた。

いや、これは淫法を長く修行しているからかも知れない。

「膣口に指を挿し入れ、左側を小刻みに擦《こす》るのが気持ちいいです」

礼が、膣口を息づかせながら、ごく普通の口調で言った。

「左側だけで良いのかな……」

「感じると穴が締まるので、自然に左右を擦ることになります」

「なるほど……」

「あるいは、中の天井を擦るのが好きな女もおります。ただ、これはゆばりを放ちたくなる場合もあり、それぞれ試してみて、相手に合う愛撫をすると良いです。もちろん同時にオサネを舐《な》め、人によってはお尻の穴に指を欲しがる人もいます」

説明を受けながら陰戸を見ているうち、どうにも祐二郎は我慢できなくなってきてしまった。

「色々、試してみて構いませんか……」

「どうぞ、お好きに」

言われて、祐二郎は礼の中心部に顔を埋め込んでいった。

柔らかな茂みに鼻をこすりつけると、甘ったるい汗の匂いが馥郁《ふくいく》と籠《こ》もり、下の方へ行くにつれ、ゆばりの匂いも心地良く鼻腔を刺激してきた。

「ああ、いい匂い……」

「素破は、敵地へ乗り込むときは、全ての匂いを消すのですが、今は普通のままです」

股間から祐二郎が思わず喘《あえ》ぐと、礼が言った。

やがて彼は舌を這わせ、膣口を掻き回し、オサネまで舐め上げた。まだ、味は汗とゆばりの感じだけで、濡れてはいない。それでも舌がオサネを弾くように舐めると、礼の肌が僅《わず》かに強《こわ》ばった。

さらに脚を浮かせ、白く丸い尻の谷間に顔を潜り込ませた。

可憐な薄桃色の蕾《つぼみ》がキュッと閉じられ、鼻を埋め込むと、やはり秘めやかな微香が籠もっていた。

祐二郎は匂いを貪《むさぼ》り、舌を這わせ、細かな襞《ひだ》を充分に舐めて濡らしてから舌先を潜り込ませていった。内壁はヌルッと滑らかで、礼はモグモグと味わうように肛門で舌先を締め付けてきた。

彼は充分に舌を蠢《うごめ》かせてから脚を下ろし、再び陰戸を舐め回した。

そしてオサネを吸いながら、言われたとおり右手の人差し指を膣口に浅く差し入れ、左側の内壁を小刻みに擦った。

「あ……」

ようやく、礼が小さく声を洩らし、ビクリと内腿を震わせた。

次第にヌルヌルと熱い淫水が漏れ、膣口が締まってきたので、なるほど、同時に右側の側面も擦ることになった。

ある程度溢《あふ》れてくると、舌で淡い酸味のヌメリを舐め取り、今度は側面ではなく内部の天井を圧迫してみた。さらに左手の人差し指も肛門に浅く差し入れ、入り口周辺を小刻みに擦ると、

「アア……、気持ちいい……」

礼が熱く喘いで言い、前後の穴で彼の指を締め付けてきた。

祐二郎は、肛門に入った指を微妙に前後させ、膣内の天井を擦り、オサネを吸ったり舐めたりした。

「も、もういいです……」

やがて礼が言い、彼も指を引き抜き、顔を上げた。

「大人は、これですぐに気を遣《や》ります。でも若い娘には、オサネだけで充分ですので」

礼も絶頂間近まで行ったのか、顔を上気させて言った。

「あ、あの、他のところも舐めたい……」

もう習い事などどうでも良くなり、祐二郎は激しい淫気に彼女を求めた。

「構いません。お好きに」

礼が言ってくれたので、祐二郎は彼女の足に屈み込み、足裏に舌を這わせ、指の股に鼻を割り込ませて嗅いだ。暴れたあとということもあり、そこは汗と脂にジットリ湿り、蒸れた芳香が濃く籠もっていた。

彼は貪るように嗅いで、爪先《つまさき》にしゃぶり付き、指の股を舐め回した。

「あん……」

礼が可憐な声を洩らし、ビクリと足を震わせて反応した。

両足とも存分に賞味してから、彼は脚を舐め上げた。ごく普通の女の脚だが、この奥には跳躍する強靭な力が秘められているのだろう。

腰から腹、臍《へそ》を舐め、乳房を這い上がって薄桃色の乳首に吸い付いた。

舌で転がすと、乳首はコリコリと硬くなり、汗ばんだ胸元と腋《わき》から何とも甘ったるい体臭が漂《ただよ》ってきた。

祐二郎は左右の乳首を充分に味わってから腋の下に顔を埋め、腋毛に鼻をこすりつけて濃厚な汗の匂いに噎《む》せ返った。

すると礼が、彼を胸に抱いたまま身を反転させ、上になってきた。

そして今度は彼女が祐二郎の胸に吸い付き、熱い息で肌をくすぐりながら舌を這わせてきた。

「ああ……」

彼は喘ぎ、礼にキュッと乳首を嚙まれてビクリと反応した。要求しなくても、礼は彼の性癖《せいへき》を何もかも察知しているように、次々と心地良いことをしてくれた。

両の乳首を交互に吸ってコリコリと嚙んでくれ、さらに脇腹にも歯を食い込ませ、舌を這わせながら股間まで移動していった。

しかし一物を避け、彼女は脚を舐め下り、自分がされたように爪先にしゃぶり付き、指の間にヌルッと舌を差し入れてきた。

「あう……、い、いいよ、そんなことしなくても……」

自分がする分には良いが、されると何やら申し訳ない気になった。それでも、もちろん震えが走るほど心地良かった。

礼は手抜きもせず、両足とも全てしゃぶり尽くし、脚の内側を舐め上げてきた。

そして大股開きにさせ、内腿をモグモグと嚙みながら、徐々に中心部に熱い息を迫らせてきた。

「アア……」

祐二郎は、甘美な快感と期待に声を上げ、屹立《きつりつ》した肉棒を震わせた。

しかし彼女は祐二郎の脚を持ち上げ、先に肛門を舐めてくれたのだ。舌先でチロチロとくすぐるように舐め回し、充分に濡らしてからヌルッと潜り込ませてきた。

「く……」

祐二郎は、肛門から熱い息を吹き込まれたような快感に呻き、潜り込んだ美女の舌をキュッと肛門で締め付けた。それは、何とも贅沢《ぜいたく》な快感であった。

礼の舌は異様なほど長く、奥の方まで探ってきた。そして一物は内部から操られるように、ヒクヒクと上下した。

何とも妖しい快感に、祐二郎は美女の舌を締め付けながら喘いだ。まるで舌に犯されているような感覚である。

ようやく舌がゆっくりと引き抜かれ脚が下ろされると、今度はふぐりがしゃぶられた。

二つの睾丸が転がされ、袋全体が温かな唾液にまみれると、礼は舌先でツツーッと肉棒の裏側を舐め上げ、先端に達してきた。

鈴口を舐めて滲《にじ》む粘液をすすり、張りつめた亀頭を丁寧に舐め回してから、丸く開いた口でスッポリと喉の奥まで呑み込んだ。

「ああ……、気持ちいい……」

祐二郎は美女の温かく濡れた口に深々と含まれ、幹を震わせて喘いだ。

礼は熱い鼻息で恥毛をそよがせ、幹を締め付け、内部でもクチュクチュと舌をからみつかせ、生温かな唾液で一物をどっぷりと浸《ひた》らせた。

そして彼女は何度か顔を上下させ、スポスポと強烈な摩擦を繰り返してから、チュパッと軽やかに口を離した。

「どうなさいます？　お口に出しますか。それとも交わりますか」

彼の高まりを察したように股間から言った。

「ちゃ、茶臼《ちゃうす》で……」

「分かりました」

祐二郎が言うと礼はすぐに身を起こし、ためらいなく彼の一物に跨《また》がり、唾液に濡れた先端を陰戸に押し当て、ゆっくりと腰を沈み込ませてきた。

たちまち屹立した肉棒が、ぬるぬるっと心地よい肉襞の摩擦を受け、温もりと締め付けに包まれながら根元まで呑み込まれていった。

「アア……」

礼が完全に座り込んで、顔をのけぞらせて喘ぎ、密着した股間をグリグリとこすりつけてきた。さすがに淫法を修行してきただけあり、入り口の締まりは良く、内部も妖しく蠢いて一物を刺激してきた。

祐二郎は暴発を堪《こら》えながら顔を上げ、彼女を抱き寄せながら乳首に吸い付き、顔中を柔らかな膨らみに埋め込みながら肌の匂いを堪能した。

礼も、覆い被さるようにして彼の顔に胸を押しつけてきてくれた。

左右の乳首を舐めてから、腋の下にも顔を埋め、柔らかな腋毛に鼻をこすりつけて甘ったるい汗の匂いを嗅いだ。

そして抱き寄せながら首筋を舐め上げ、礼の口に鼻を押しつけた。

熱く湿り気ある息は、花粉のような甘さを含んでいた。

三

「ああ、いい匂い……」

「本当、すごく硬くなってきたわ……」

祐二郎が思わず言うと、礼も彼自身を締め付けながら実感し、さらに甘い息を好きなだけ嗅がせてくれた。

そして礼は舌先でチロチロと彼の鼻の穴を舐めてくれ、祐二郎も舌をからませ、生温かくトロリとした唾液で心地良く喉を潤した。

やがて無意識にズンズンと股間を突き上げると、礼も徐々に動きに合わせて腰を使いはじめてくれた。

「ね、島村様にしたように、唾を吐きかけて欲しい……」

「あれは、軽蔑してしたことですから」

「でも、されたい。思いきり」

祐二郎が膣内で幹をヒクヒクさせてせがむと、礼も顔を寄せ、形良い唇をすぼめて唾液を溜め、強くペッと吐きかけてくれた。

甘い息とともに、生温かく小泡の多い粘液の固まりが鼻筋を濡らし、頰《ほお》の丸みを伝い流れた。

「アア……」

祐二郎は快感に喘ぎ、股間の突き上げを激しくさせていった。感触以上に、ためらいなくしてくれることが嬉しかった。

礼は、吐きかけた唾液に舌を這わせ、ヌラヌラと顔中に塗りつけてくれた。

「い、いきそう……」

祐二郎は、急激に高まって言った。

「いいですよ。私もいきます……」

礼は言い、膣内の収縮を活発にさせた。彼女ぐらいになると、相手に合わせて気を遣《や》ることぐらい造作もないのかも知れない。

やがて祐二郎は、礼の唾液と吐息を心ゆくまで味わいながら股間を突き上げ、とうとう大きな絶頂を迎えてしまった。

「く……！」

突き上がる快感に呻《うめ》きながら、ありったけの熱い精汁をドクドクと勢いよく膣内にほとばしらせると、

「アア……、いく……！」

礼も口走り、膣内の収縮を最高潮にさせた。祐二郎は心おきなく最後の一滴まで出し切り、すっかり満足しながら徐々に動きを弱めていった。

やがて力を抜いてグッタリと四肢を投げ出すと、

「気持ち良かった……」

礼も満足げに言いながら動きを止め、汗ばんだ肌を密着して体重を預けてきた。

祐二郎は重みと温もりを受け止め、甘い息を間近に嗅ぎながら、うっとりと快感の余韻を噛み締めたのだった。

「舐め方も指も、とっても上手でした。あとは相手の様子を見ながら激しくしたり加減したり、色々工夫すると良いですね」

礼が囁《ささや》き、やがて互いに呼吸を整えると、ゆっくり身を起こして股間を引き離した。

処理はせず、そのまま礼は彼の身体も引き起こし、一緒に裏の井戸端まで行った。

礼が水を汲んでくれ、祐二郎は浴びて股間を洗った。礼も陰戸を洗い、水を浴びて汗を流した。

着衣の時は地味に見えたが、陽射しの中で見る礼の全裸は実に無駄なく引き締まり、水を弾く肌の輝きに、また彼は淫気を催してしまった。

「ねえ、飲んでみたい……」

祐二郎は、ムクムクと回復しながら甘えるように言った。

「ゆばりですか？　構いません」

礼は、すぐにも察し、ためらいなく頷いてくれた。

「私も、精汁を飲んでいいですか」

「え、ええ……」

彼女の言葉に、祐二郎はピクンと幹を震わせて答えた。

「じゃ、ここに横になって下さいませ」

礼に言われ、祐二郎は簀《す》の子《こ》に仰向けになった。

すると彼女は顔に跨って、一物に屈み込んできた。女上位の二つ巴《どもえ》の体勢である。

回復したばかりの肉棒が、スッポリと根元まで礼の口に含まれた。水を浴びたばかりだから、彼女の口腔の温かさが実に心地良かった。

祐二郎も彼女の腰を抱き寄せ、陰戸に口を付けて舐め回した。残念ながら匂いは薄れてしまったが、舐めるごとに新たなヌメリが溢れてきた。

そしてオサネを舐めながら柔肉を吸うと、それは迫《せ》り出すように蠢き、上に見えている可憐《かれん》な肛門もヒクヒクと震えた。

間もなく淫水も味わいと温もりが代わり、彼の口にチョロチョロと軽やかな流れが注がれてきた。

「ク……」

祐二郎は夢中で受け止め、味と匂いを吸収しながら飲み込んだ。

「ンン……」

礼もゆるゆると放尿を続けながら、たっぷりと唾液を出してスポスポと一物を摩擦し、舌をからめながら指先ではふぐりをいじった。

その、あまりの心地よさに、祐二郎はゆばりを飲みながら、あっという間に昇り詰めてしまった。

やはり、淫法を良くする素破が本気で舌を使い吸引すれば、祐二郎などひとたまりもなく気を遣ってしまうのだろう。

祐二郎は必死に喉に流し込みながら、熱い精汁を放った。

それを礼が受け止めて喉を鳴らし、さらに余りを吸い出してくれた。

強く吸われると、脈打つような射精の調子が無視され、ふぐりから直接吸い取られているような妖しい快感があった。

祐二郎は最後の一滴まで搾《しぼ》り取られ、やがて流れの治まった陰戸を懸命に舐め回して余りの雫《しずく》をすすった。

礼も飲み干し、祐二郎が満足げに舌を引っ込めて手足を投げ出すと、彼女もゆっくり身を起こし、彼の股間を洗い流してくれたのだった。

四

「まあ、先日お目にかかりましたわね。確か、祐二郎さん」

祐二郎が玄庵の家を出ようとしたとき、ちょうど綾乃が顔を見せた。

「これは、綾乃様。覚えていただいて光栄です」

祐二郎は緊張しながら頭を下げ、あらためて綾乃の美貌を眩《まぶ》しく思った。

すると礼が出てきて、玄庵が夕刻まで帰らないことを告げた。

「そうですの。ではまた出直して参りますわ」

「はい、申し訳ございません。では祐二郎さん、お嬢様をお送り下さいませ」

礼が言い、自然に祐二郎は綾乃を送ることになってしまい、彼女もその気で一緒に歩きはじめた。

「祐二郎さんも、玄庵先生をお訪ねに？」

「そ、そうなのです。不在と聞き、すぐ帰ろうとしたところでした」

綾乃に言われ、祐二郎も何とか取り繕《つくろ》った。まさか綾乃も、今まで彼が礼と痴態《ちたい》の限りを尽くしていたなどとは夢にも思わないだろう。

「父が持ってくる養子の話は、ろくなものがありません」

綾乃が、並んで歩きながら言う。まだ裏通りだから良いが、とても男女が並んで表通りは歩けない。

「はあ……」

「剣術は達者でも、総身に知恵の回りかねる大男とか、あるいは家柄だけが良く、覇《は》気《き》のなさそうな御曹司《おんぞうし》とか、そんなのばっかり。私、これからの世は学問と思います」

「ええ……」

「祐二郎さんは、玄庵先生に何のご相談を？　まさか、良い養子先のことですか？」

綾乃が物怖《ものお》じせずに言い、つぶらな瞳を遠慮なく彼に向けた。

もともと天真爛漫《てんしんらんまん》で、心根にも裏表がないのだろう。だから、重吾や周三の前に敢然と立ちはだかったのだ。

「はい。まあ、うちの父も腰を痛めてあまり頼りにならないものですから」

祐二郎は話を合わせて答え、表通りへ出たら別々に歩こうと思っていた。

しかし、そこへいきなり大粒の雨が降ってきたのである。どうも、先ほどから黒い雲が天を覆いはじめてきたと思っていた矢先のことだった。

そのうえ、雷鳴まで轟《とどろ》いてきた。

「きゃッ……！」

綾乃が悲鳴を上げて立ちすくんだ。雨はますます激しくなってきた。

しかし裏通りのことで、借りるような軒先もない。

「どうします。玄庵先生の家に戻りますか」

「いえ、そこに確か待合いが……」

祐二郎が言うと綾乃が答え、彼の袖《そで》を引っ張って小走りに先へ行った。

間もなく、一軒の出会い茶屋に入ると、二人は初老の仲居に案内され、二階の部屋へと入った。

「前に、玄庵先生が寄り合いに使ったと聞いていたのですが……」

綾乃は、二つ枕の置かれた布団や桜紙を見て、急にもじもじして言った。

確かに、武士が会議や密談に利用することもあるのだろうが、二階は男女が密会の場として使うようだった。

とにかく、祐二郎は手拭いを出し、彼女の髪や肩、袖まで拭いてやった。

「にわか雨でしょう。じき止むと思います」

彼は言い、ふんわりと生ぬるく漂う甘い匂いに思わず股間を熱くしてしまった。

いかに、礼を相手に二回射精したとはいえ、相手が変われば淫気は簡単に湧き起こる。しかし、相手は雲の上の役職にある重臣の娘なのだ。その気後れもあるが、密室に二人きりという状況に胸をときめかせた。

それは、綾乃も同じようだった。

「玄庵先生が、祐二郎さんのことを色々誉めていました。心根が優しく、学問に秀でて将来が楽しみだって。ただ御家人では、力を発揮する場が少なくて気の毒だとも」

「そうですか……、だいぶ買いかぶられております」

「私、武家の世の中に少し疑問を持っています。こんなこと、書院番頭の娘が言うことではないけれど、誰にも内緒にしてくださいね」

綾乃は、端座している彼ににじり寄り、内緒話のように声を潜めて言った。

「礼さんのように、遠くから江戸に奉公に来て苦労している人もいるのに、武士は相変わらず大部分が働かずに威張っています」

「ええ……」

祐二郎も、礼の言った言葉を思い出していた。働かず稼げず、下のものに威張るだけの武士など消えて無くなれと。

では武士は民を守っているのかというと、そうでもない。すでに戦もなくなり、あとは武士の生き死になど、狭い枠の中での自己満足でしかないのだ。

「祐二郎さんは、どう思います？」

「順々に、古い悪習を廃止して、新しく変えていくしかないですね」

「まあ、私たち、何だか話が合いますわね」

綾乃は言い、遠慮なく彼の顔を正面から見つめた。

「あの、一つお願いがあります」

やがて綾乃が言い、祐二郎は何故《なぜ》だか知らないがドキリと胸を高鳴らせた。

「何でしょう」

「実は前に玄庵先生の家で、いけない本をこっそり見てしまいました。それには、男女のことが山ほど書かれていたのですが」

綾乃が言う。あるいは、『うるほひ指南』かも知れないと祐二郎は思った。

「はあ、それで……？」

「男の方の身体を、見てみたいのですが」

綾乃は言い、いつしか頰から耳朶《みみたぶ》まで真っ赤に染めていた。折り良い雨と密室の効果ですっかり大胆になっているようだ。

そして彼女は、恥ずかしいことを言った手前、断わられるのを恐れるように言葉を継いだ。

「どんな相手が婿《むこ》になるか分かりませんが、いきなり見て驚くのも嫌です。知りすぎるのも良くないのでしょうが、後学のためということで、お願いできましょうか」

綾乃が言う。

祐二郎が小鮎に使うような、学問のためというのは実に便利な言葉だった。

「承知しました。こうして、雨のなか一つの部屋に来たのも何かのご縁と思います」

「まあ、ご承知下さいますか……」

「はい、では私も後学のため、女の方の身体を見てみたいのですが」

言うと、綾乃はビクリと身じろぎ、目を丸くした。

「そ、それは……、分かりました。いいでしょう。でも、私が嫌がることだけはなさらないで」

「むろんです。狼藉《ろうぜき》には及びません。綾乃様の命じるとおりにだけ致しますので」

「では、脱ぎましょう……」

綾乃は言って立ち上がり、緊張しながら帯を解き、まだ雨に湿っている着物を脱ぎはじめた。祐二郎も大小を部屋の隅に置き、袴を脱ぎ、着物と襦袢《じゅばん》を脱ぎ去り、ためらいながらも下帯まで取り去ってしまった。

先に布団に横になり、背を向けて脱いでゆく綾乃を見た。

どうにも、ここのところ女運が良くなっているが、その最初の切っ掛けは、綾乃と礼と出会ったときからのような気がする。このどちらかの女が、祐二郎に幸運をもたらしてくれているのかも知れないと思った。

やがて腰巻を脱ぎ去った綾乃はしゃがみ込み、半襦袢も脱いで白く滑らかな背中を見せた。

そして胸を隠しながら、恐る恐る振り返った。

「さあ、お好きにご覧下さい。お嫌だったら、いつでも止めますので」

すでに何人かの女を知っている祐二郎の方が、多少の余裕を持って言った。

綾乃はゆっくりと視線を這わせ、彼の股間で目を釘付けにした。

「まあ……、こんなに立って……」

綾乃は目を見張り、息を呑《の》んで呟いた。すでに、春本で一物の形ぐらいは知っているだろう。

「立っているのは、私に淫気を……?」

「もちろんです。でも、決して狼藉には及びません。美しい方と二人きりなら、男は誰でも立ちます」

祐二郎が言うと、綾乃は大胆にも勇気を出し、そろそろと手を伸ばしてきた。

ほんのり汗ばんだ柔らかな手のひらが、やんわりと肉棒を包み込み、温もりや感触を確かめるようにニギニギと動かした。

「ああ……」

「痛くないですか……」

「ええ、とっても気持ちいいです……」

「そう、先っぽが濡れてきました。これは、ゆばりかしら精汁かしら……」

いったん触れてしまうと、綾乃は度胸がついたように熱心に観察しながら言った。

「どちらでもないです。それは先走りの潤いで、精汁は白いのです……」

祐二郎は、最上級にいる旗本の娘に翻弄《ほんろう》されながら答えた。

「これがふぐり……、確かに、中に二つ玉がありますね……」

綾乃はふぐりにも指を這わせ、睾丸を確認した。そして袋を摘んで持ち上げ、肛門の方まで覗き込んできた。

「精汁は、どのように出るのです？」

「いや、もっと淫気が高まりませんと……、それより、今度は綾乃様の陰戸を見せてくださいませ……」

言うと、綾乃は彼の股間から手を放し、思い出したように胸を隠した。

「い、いいでしょう。お約束ですものね……」

彼女は言って横になり、祐二郎も入れ替わりに身を起こした。

綾乃は仰向けになり、内腿を震わせながら、そろそろと股を開いてきた。

それでも、両手で乳房は隠したままだ。陰戸より、胸を見られる方が恥ずかしいようだった。

祐二郎は腹這いになり、彼女の両膝の間に顔を進めていった。

さすがに内腿はきめ細かく、白くむっちりとした神聖な張りを持っていた。

中心部に顔を寄せて目を凝らすと、楚々《そそ》とした恥毛が上品に煙《けぶ》り、割れ目からはみ出す花びらも綺麗な桃色だった。

そして股間に籠もる熱気と湿り気が、悩ましい匂いを含んで祐二郎の顔中を包み込んできた。

「失礼して、触れます……」

彼は言い、そっと指を当てて陰唇を左右に開いた。

「あ……!」

触れられて、綾乃が小さく声を洩らし、ビクッと白い下腹を波打たせた。

微かにクチュッと湿った音がし、中身が丸見えになった。柔肉はヌメヌメと美味しそうに潤い、生娘の膣口は細かな襞を入り組ませて可憐に息づいていた。

ポツンとした尿口の小穴も確認でき、オサネは包皮の下から小指の先ほどの大きさでツンと突き立ち、綺麗な光沢を放っていた。

「アア……、恥ずかしい。いま私は見られているのね……」

「濡れています。ご自分でオサネをいじることは?」

「あん、意地悪なことをお訊きになるのね……。たった一度だけ、そっと触れたけれど、気持ち良いのに怖くて止めてしまいました……」

「怖くないと思います。大層心地良くなるはずです」

「でも、声が洩れるといけないと思い……」

「そうですね。でもここなら、いくら声を出しても大丈夫です」

こうした会話を交わしている間にも、生娘の陰戸は内から溢れる蜜汁《みつじゅう》にヌラヌラと彩られていった。

「も、もうよろしいでしょう……？」

「あの、お願いがあります……」

「何でしょう……」

「この部屋にいるときだけ、私を呼び捨てにしてください。そして、陰戸をお舐め、と命じて下さいませ」

祐二郎が言うと、綾乃は激しく動揺して身をくねらせた。

「まあ！　陰戸を舐めさせるですって……？」

綾乃は息を震わせて言ったが、玄庵の本を読んでいれば、そうした記述ぐらい知っているると思ったのだ。

「はい、お舐めしたいですが、勝手には出来ません。綾乃様から命じられたいのです」

祐二郎が言うと、さらに綾乃の陰戸の潤いが増し、溢れた雫が肛門の方まで伝い流れそうになってきた。

「さあ、どうか……。こんなに濡れているので、きっとお体の方は舐めて欲しいとお思いの筈《はず》です」

再三促すと、ようやく綾乃も唇を湿して小さく言った。

五

「ゆ、祐二郎……、私の陰戸を、お舐め……、アアッ……!」

とうとう綾乃が言い、自分の言葉だけで今にも気を遣りそうなほど身悶《みもだ》えた。

祐二郎も、待ちきれない思いで彼女の股間に顔を埋め込んでいった。

柔らかな茂みに鼻をこすりつけて嗅ぐと、やはり汗とゆばりの匂いが生ぬるく馥郁と籠もり、心地良く鼻腔を刺激してきた。それに、彼女本来の体臭と、生娘特有の恥垢の成分も混じって、それらが悩ましく祐二郎の胸を掻き回した。

そして五千石の旗本の娘も、町方の植木屋の娘も、生娘はどちらも似通った匂いをしているのだなと実感した。

そろそろと舌を這わせると、陰唇の表面はほんのりゆばりの味わいがあり、奥へ行くとやはり淡い酸味のヌメリが満ちていた。

舌先で花弁をクチュクチュと探り、オサネまで舐め上げていくと、

「く……!」

綾乃が息を詰めて呻き、全身を強ばらせて、内腿でキュッと彼の顔をきつく締め付けてきた。やはり雪絵のように、武家の女は声を洩らすことをはしたないと思っているのだろう。

祐二郎は様子を探るように、そっとチロチロとオサネを舐め、新たに溢れる蜜汁をすすった。

すると彼女が目を閉じながら、そろそろと手を伸ばし、彼の頬に触れてきた。本当に、男が自分の股間に顔を埋めているのを確かめたようだった。

さらに彼は綾乃の腰を浮かせ、白く丸い尻の谷間にも顔を寄せていった。

可憐な薄桃色の蕾が、ほんの少し肉を盛り上げて艶《なま》めかしい形で閉じられていた。

鼻を埋めると、これも他の女とさして変わりない秘めやかな微香が籠もって、五千石の娘でも普通に用を足すことが分かった。

舌先で舐め回し、収縮する襞を濡らしてから中に潜り込ませた。

「あう……！　ど、どこを舐めているの……」

綾乃が息を詰めて呻き、潜り込んだ舌先をキュッと肛門で締め付けてきた。

祐二郎はヌルッとした、甘苦いような粘膜を執拗《しつよう》に味わい、舌を蠢かせた。

すると鼻先にある陰戸から、さらに大量の淫水がトロトロと溢れてきた。

やがて充分に味わってから、祐二郎は舌を引き抜き、そのまま蜜汁の雫を舐め取りながら再び陰戸に戻った。

そしてオサネを舐め回しながら、礼に教わったように右手の人差し指を、そっと膣口に挿し入れ、内壁を擦った。

「アア……、変な気持ち……、何をしているの……」

綾乃が、息を弾ませて言った。オサネを舐めるのは、多少なりとも自分でいじったから分かるのだろうが、肛門や膣口は未知の感覚のようだった。

彼はそのまま無垢な膣口に深々と指を押し込み、熱く濡れた膣内の天井を指で圧迫してみた。

「い、いた……」

「済みません……」

綾乃がビクリと硬直して言うので、祐二郎も股間から謝り、慌てて指を引き抜き、また浅い部分の内壁を小刻みに擦った。やはり、まだ指一本でも痛みや違和感の方が大きいようだった。

「ああ、それいいわ……」

彼の舌と指に、次第に綾乃もうっとりと言い、何度か身を反らせては、ヒクヒクと下腹を波打たせはじめた。

さらに祐二郎は、左手の人差し指も、彼女の肛門に押し当て、浅く潜り込ませた感じで動かした。

「アアッ……、駄目、変になりそう……、何これ、ああーッ……！」

たちまち綾乃は弓なりに反り返って硬直するなり、ためらいもなく声を上げ、ガクンガクンと激しく全身を痙攣《けいれん》させ、腰を跳ね上げた。前後の穴もきつく彼の指を締め付け、粗相したように大量の淫水がほとばしった。

どうやら、気を遣ってしまったようだ。

まあ十九ともなれば肉体も成熟しているし、好奇心も絶大だし、自分で少しでもいじって下地は出来ていたのだろう。

あとは絶句し、小刻みに痙攣するばかりなので、ようやく祐二郎も前後の穴から指を引き離し、舌を引っ込めて彼女の股間から身を離した。

「ああ……」

すると綾乃は支えを失ったように、小さく声を洩らすなりグッタリと力が抜けてしまった。これで、しばらくは放心状態のようだ。

祐二郎はその隙《すき》に彼女のスベスベの脚を舐め下り、指の股に鼻を割り込ませて嗅いだ。

やはり羞恥《しゅうち》と緊張に、そこはジットリと汗と脂に湿り、蒸れた芳香を濃く籠もらせていた。

彼は爪先にしゃぶり付き、全ての指の股に舌を割り込ませて味わい、もう片方の足も心ゆくまで貪った。しかし、綾乃は何をされているかも把握しておらず、たまにビクッと肌を震わせて反応するばかりだった。

そして祐二郎は彼女に添い寝し、桜色の乳首に迫った。

案外に大きく形良いお椀型で、乳首も乳輪も淡い色合いで、周囲の白い肌に微妙に溶け込んでいた。

チュッと吸い付き、顔中を膨らみに押しつけると、心地良い柔らかさと若々しい弾力が伝わってきた。そして汗ばんだ胸元や腋からは、甘ったるく上品な体臭が漂い、上からは甘酸っぱい芳香を含んだ、湿り気ある息も吐きかけられてきた。

左右の乳首を交互に含んで舌で転がし、充分に味わってから、彼は綾乃の腋の下にも顔を埋め込んでいった。

鼻をくすぐる和毛《にこげ》の隅々には、乳に似た甘く濃厚な汗の匂いが馥郁と籠もっていた。

彼は何度も深呼吸し、お嬢様の体臭で胸を満たし、さらに首筋を舐め上げ、唇に迫っていった。

唇の間からは、白く綺麗な歯並びが覗き、熱く湿り気ある息が洩れていた。それは小鮎に似た、心溶かす可愛らしい果実臭で、祐二郎は鼻を押し込んで美女の口の中の匂いを胸いっぱいに嗅いでから、唇を重ねて舌をからめていった。

「ンン……」

美女の口の中を舐め回していると、綾乃も熱く呻き、彼の舌にチュッと強く吸い付いてきた。彼は生温かく清らかな唾液を吸い、甘酸っぱい息に酔いしれながら執拗に美女の口を貪った。

徐々に彼女も自分を取り戻し、ようやく唇を離した。

「私は、どうしていたの……」

「気を遣ったのだと思います。気持ち良かったでしょう」

「ええ、確かに宙に舞うような心地になりましたが、恥ずかしくて何が何だか分からず、まだ力が入りません」

綾乃は荒い呼吸を繰り返し、しばし身を投げ出していた。

しかし、やがて身を起こし、仰向けになっている彼の一物に再び触れてきた。

「では、今度は私の番ですよ。気を遣って、精汁を放つところを見たいです」

綾乃は言って、ニギニギと幹を刺激しはじめた。

「ああ……、気持ちいい……」

祐二郎が受け身になって喘ぐと、さらに彼女は勇気を得たように指の動きを活発にさせてきた。

そして彼が望む前に、自ら屈み込んで先端に口を寄せてきたのである。チロリと舌が伸び、先端に触れてきた。

「あうう……、い、いけません、綾乃様、そのようなこと……」

さすがに、身分の違いを思って気が引けたが、綾乃は強烈な愛撫を止めなかった。

「私も、お口でしてもらったのですから……」

綾乃は言い、ペロペロと亀頭を舐め回し、滲む粘液をすすってくれた。さらに精一杯口を開いて亀頭を含み、そのまま喉の奥までモグモグと呑み込んできたのである。

「アア……」

快感の中心が、美女の温かく濡れた口の中に根元まで包まれ、祐二郎は快感に喘いだ。

綾乃もモグモグと唇で幹を締め付け、熱い鼻息で恥毛をくすぐりながら、内部ではクチュクチュと舌が蠢いた。

下向きのため、たっぷりと唾液が溢れて肉棒を温かく浸し、彼が無意識にズンズンと股間を突き上げると、綾乃も合わせてスポスポと濡れた口で摩擦してくれた。

もう限界である。

「い、いく……、ああーッ……！」

たちまち祐二郎は大きな絶頂の快感に背骨を貫かれ、ありったけの熱い精汁を、どくんどくんと勢いよく高貴な美女の喉の奥へほとばしらせてしまった。

「ク……、ンンッ……」

噴出を受け止め、綾乃が驚いたように呻いた。しかし口を離すことはなく、そのまま頬をすぼめて吸い、喉に流し込んでくれたのである。

これも『うるほひ指南』に載っていたのかも知れない。

飲んでもらいながら、祐二郎は感激と快感に身を震わせ、何度も肛門を引き締めて最後の一滴まで絞り尽くしてしまった。

綾乃も全て飲み干し、そのたびにキュッと口腔を引き締めて、彼に駄目押しの快感を与えてくれた。

ようやく彼女は口を離し、白濁した雫の滲む鈴口を丁寧に舐めてくれた。

「あんまり味はないわ。生臭いけれど、これが人の種なのね……」

綾乃は言い、初めての体験に熱い呼吸を震わせていた。

祐二郎も余韻の中で激情が過ぎ去ると、大変なことをしてしまった思いに身震いしたのだった。

第四章　武家娘のいけない欲望

一

「いい？　祐二郎さん、急いで……」

朝、雪絵が離れに来て祐二郎に言った。朝といっても、まだ七つ（午前四時頃）で外は暗かった。

まだ彼女も寝巻のまま、竈《かまど》に火だけ点けて離れに来たのだろう。

そろそろ両親や洋之進も起きる頃だが、雪絵が厨《くりや》にいるのは知っているので、何か用を言いつける心配はない。

祐二郎も、昨日は多くの女と戯《たわむ》れたが、一晩寝ればすっきりとし、朝っぱらから淫気も旺盛だった。

昨夜は洋之進も在宅していたから、雪絵は離れに忍んでくることが出来ず、それで早朝に来たのだろう。それだけ子種が欲しく、また僅《わず》かの間でも、隙《すき》を見て快楽を欲しているようだった。

「いいわ、寝たままで」

雪絵は言い、彼の寝巻の裾《すそ》をめくって下帯を解き、朝立ちで屹立《きつりつ》している肉棒にしゃぶり付いてきた。

「ああ……、義姉上《あね》……」

まさか、起きてすぐするとは思わず戸惑《とまど》っていた祐二郎だが、雪絵の熱い息を股間に受け、ネットリと舌が蠢《うごめ》いて唾液にまみれると、すっかり高まってきてしまった。

「私も舐《な》めたい……」

「今日はいいわ、急ぐから」

「でも、少しだけでも」

祐二郎は言って彼女の手を引き、仰向けのまま顔に跨《またが》らせた。

「ああッ……、こんな格好……」

雪絵は喘《あえ》ぎながらも、すでに指でいじって濡らしてきたか、すっかり蜜汁の溢れている陰戸《ほと》を上から彼の口に密着させてきた。

祐二郎は、真下から兄嫁の恥毛に鼻を埋め込むと、生温かな湿り気と悩ましい体臭が満ち、淡い酸味のヌラヌラが大量に溢《あふ》れていた。

そして膣口からオサネまで舐め回し、もちろん豊満な尻の真下にも顔を潜り込ませ、秘めやかな匂いの籠《こ》もる肛門にも鼻を密着させてから、充分に舐め回した。

「アア……、もういいわ……」

前も後ろも舐められ、雪絵がビクッと腰を跳ね上げて言い、そのまま彼の股間に移動していった。

先端を陰戸に受け入れ、ヌルヌルッと一気に座り込んで交接した。

「あう……！」

雪絵は、さすがに大きな喘ぎ声は抑えて呻《うめ》き、完全に股間を密着して締め付けてきた。

祐二郎も、身を重ねてきた兄嫁を抱き留めて顔を上げ、左右の色づいた乳首を含んで舌で転がし、顔中を柔らかな膨らみに押しつけて甘ったるい汗の匂いを嗅いだ。

「ああ……、いい……」

雪絵は腰を使いはじめながら喘ぎ、彼の上で次第に狂おしく悶《もだ》えはじめた。

祐二郎も股間を突き上げながら、兄嫁の唇を求めた。

熱く湿り気ある息は、寝起きの濃厚さを含み、彼の鼻腔を悩ましく刺激してきた。

彼は雪絵の口に鼻をこすりつけ、息と唾液の匂いに酔いしれながら、やがて舌をからみつかせた。

「ンン……！」

彼女も激しく舌をからめて吸い付き、熱く呻きながら大量の淫水を漏らした。

本当なら、慌ただしい中なので子種だけ欲しかったのだろう。自分まで気を遣《や》ると立ち働けなくなると思い、だいぶ我慢していたようだが、いざ交接してしまうと、もうなりふり構わず高まってきたようだ。

律動に合わせてクチュクチュと卑猥《ひわい》に湿った摩擦音が繰り返され、たちまち祐二郎は朝一番の絶頂を迎えてしまった。

「い、いく……、義姉上……！」

突き上がる快感に口走りながら、熱い大量の精汁をドクドクと内部に噴出させると、

「あう……、き、気持ちいいッ……！」

ほとばしりを受け止めた雪絵も、声を上ずらせながら気を遣り、がくんがくんと狂おしく熟《う》れ肌を痙攣《けいれん》させはじめてしまった。

膣内の収縮も心地良く、祐二郎は熱くぬめった肉壺の中に、心おきなく最後の一滴まで出し尽くした。

そして彼は濃厚で刺激的な白粉《おしろい》臭のする口に鼻を押しつけ、兄嫁の息を嗅ぎながら、うっとりと快楽の余韻を嚙み締めたのだった。

「アア……、気持ち良かったわ……。気を遣るつもりではなかったのに、立てるかしら……」

雪絵も満足げに吐息混じりに呟《つぶや》き、グッタリと力を抜いて体重を預け、遠慮なく彼にもたれかかってきた。

まだ膣内の収縮は繰り返され、祐二郎も過敏に反応して幹がヒクヒクと跳ね上がった。

「ああ……、行かないと……」

彼女は言い、やっとの思いで股間を引き離し、懐紙で手早く陰戸を拭ってから立ち上がった。そして壁に手を突いてふらつく身体を支え、裾と髪を直してから離れを出て行ったのだった。

祐二郎は、まだしばし身を投げ出したまま暗い天井を見上げ、鼻に残った兄嫁の唾液の匂いに陶然となっていた。

もちろん二度寝できるような刻限ではない。厨の方からも、いつものように朝餉《あさげ》の仕度をする軽やかな俎板《まないた》の音が聞こえてきた。

ようやく彼も股間の処理をして身を起こし、雨戸を開けた。

東の空が明るくなり、鳥のさえずりも聞こえていた。

離れを出て厠《かわや》に行ってから井戸端に出て、房楊枝《ふさようじ》で歯を磨き顔を洗った。雪絵も、何もなかったように笑顔で手拭いを渡してくれた。

いったん離れに戻って布団を畳み、寝巻から着物に着替えた。

そして日が昇る頃、もう起きている両親と兄に挨拶をし、仏壇にも手を合わせてから朝餉となった。

先に洋之進が出仕し、少しあとから祐二郎は学問所へ行った。

何日か休んだが、特に遅れることもなく、優秀な彼はすぐにも今の進み具合を把握し、さらに先を予習した。

そして午前中の勉強を終えると、祐二郎は仲間たちと一緒に弁当を広げた。雪絵の作ってくれた握り飯を食い終えると、これから嫌な剣術の稽古だ。

祐二郎は気が重くなりながら、弁当を片付け、学問所を出る準備をした。

と、そこへ重吾と周三がやってきたのである。彼らも、学問所は休みがちだが、たまには顔を出すこともあるのだ。

あるいは祐二郎がいるかどうか確かめに来たのかも知れない。二人とも脇差《わきざし》を帯びているから、境内《けいだい》の木の幹に刺さった大小の刀は、あれから家来たちを連れて戻り、何とか取り戻したようだった。

「山葉、今日は道場へ来るだろうな」

重吾が、正面に立ちはだかって言った。

どうやら、今日はこっぴどく祐二郎を痛めつける気なのだろう。

「はい、参ります……」

祐二郎が言ったそのとき、学問所の教官が入ってきた。

「控えい！　書院番頭、滝田義行様のおなりであるぞ」

「え……！」

言われて、教官のあとから部屋に入ってきた恰幅《かっぷく》の良い武士を見て、祐二郎は慌てて平伏した。もちろん、重吾と周三も驚いて同じように膝を突いた。

「ああ、いきなり驚かせて済まぬ」

裃《かみしも》を着けた四十年配の義行が、気さくに皆に言った。

「山葉祐二郎はいるか」

「は！　私です」

言われて、祐二郎は答え、恐る恐る顔を上げて再び叩頭《こうとう》した。娘の綾乃から何か聞き、咎《とが》められるのではないかと不安になったのだ。

「折り入って話がある。一緒に来てくれ」

「は！　し、しかし……」

「どうした」

「このお二方より、道場に誘われておりましたので」

祐二郎が言うと、二人は激しく動揺した。

「ば、莫迦《ばか》……！」

重吾が小声で言ったが、その二人の前に義行が来て言った。

「山葉を借りて良いか。約束を反故《ほご》にして済まぬが」

「は、はい。もちろんでございます……」

二人は冷や汗をかきながら、恐縮して答えた。

「ならば、山葉、来い」

「はい！」

言われて祐二郎は立ち上がり、背中に二人の視線を感じながら、義行について部屋を出て行った。

そして学問所を出ると、義行は裃姿のまま気楽に歩き出した。これほどの身分なのに、供も連れず乗り物も使わないので、あるいは綾乃が少々変わっているのも、この父親の影響なのかも知れないと思った。

「滝田様、どちらへ」

「ああ、玄庵先生のところだ。そこでゆるりと話そう」

聞くと、義行はのんびり歩きながら答えた。どうやら綾乃のことで咎められるわけではなさそうで、祐二郎は少しほっとした。それでも、身分の違いを思うと膝の震えと緊張は隠せなかった。

やがて約束でもしてあったか、二人で小川町を訪ねると玄庵が在宅していた。

二

「人柄は、玄庵先生から聞いている。学問所の成績も、抜群だと先ほど教官に確認したばかりだ。まあ、綾乃の婿《むこ》の候補として、今日は一杯付き合って貰いたい」

「え……」

義行に言われ、祐二郎は目を丸くした。

「あはは、決まったわけではない。数多くの候補の一人になっただけだ」

玄庵が笑って言い、やがて礼が酒肴《しゅこう》を運んできた。

「昼間から酒も何だが、これでも忙しい身でな。空いたときに羽を伸ばしておかねばならんのだ」

義行は盃《さかずき》を掲げ、飲み干した。

祐二郎も恐縮しながら飲み、どうにも夢のような展開に頭がついていかなかった。

義行は上機嫌で、祐二郎の家のことや兄の役職について訊き、彼がしどろもどろに答えると、玄庵が適度に補ってくれた。

「綾乃とも、何度かここで顔を合わせたようだが、大層おぬしが気に入ったらしい」

「し、しかし、私の家は……」

「ああ、禄高《ろくだか》など関係ない。風当たりはあるかも知れぬが、それを乗り越える若い意気込みが無くてはならぬ」

義行は言い、何度となく酒を注いでくれた。祐二郎は恐縮し、緊張しながら飲んだので変に酔いが回ってきた。

「おお、だいぶ酔ったかな。礼、送って差し上げろ。儂《わし》はそろそろ滝田様と碁《ご》をするからな」

玄庵が言ってくれ、祐二郎はフラフラになりながら二人に辞儀《じぎ》をし、礼に支えられながら屋敷を出た。途中、礼が歩きながら何度か彼の背や腰を指圧してくれた。どうやら悪酔いを防ぐツボらしく、だいぶ祐二郎も楽になってきた。

「山葉、貴様昼間から酔っているのか」

また、重吾と周三に行き合ってしまった。

もちろん二人も、礼がいるのでだいぶ警戒しているようだ。

「ええ、滝田様よりご馳走《ちそう》になってしまい……」

祐二郎は呂律《ろれつ》の怪しい口調で言い、軽く一礼して行き過ぎた。

「待てい！」

二人は憤懣《ふんまん》やるかたなく、彼と礼を呼び止めた。

「お二方、祐二郎様は次の書院番頭になるかも知れないのですよ」

「何だと……、やはりあの娘は本当に……」

礼の言葉に、二人はビクリと立ちすくんだ。

「あとになって平伏するくらいなら、今のうちから仲良くなさったらいかがです」

「く……！」

「あははは」

礼がおかしそうに笑い、もう何も言うことの出来ない二人を後に、祐二郎と一緒に番町へ向かった。

やがて帰宅して父に挨拶したが、礼が説明してくれた。

「なに、書院番頭の滝田様と？」

「はい、だいぶ御酒《ごしゅ》を勧められましたので、少し休まれた方がよろしいかと」

父親は驚き、やがて祐二郎は礼に連れられて離れに行き、床を敷き延べて貰った。

祐二郎も大小を置いて袴《はかま》と着物を脱ぎ、下帯一枚でゴロリと横になった。

すると、そこへ小鮎が水を持って入ってきた。

「大丈夫ですか？」

「ええ、少しじっとしていれば元に戻るでしょう。お水は、口移しで上げてくださいな」

礼が言うと、小鮎は真っ赤になってしまった。

やがて礼は帰ってゆき、小鮎は枕元に座った。

「お水を飲みますか」

「うん……」

言うと、彼女は一口含み、そっと屈み込んで唇を重ねてくれた。

祐二郎は、美少女の柔らかな唇の感触と、甘酸っぱい果実臭の息を嗅ぎながらムクムクと勃起した。酔いの方も、礼の介抱でだいぶ楽になり、頭もはっきりして淫気に集中しはじめてしまった。

触れ合ったまま小鮎の口が僅かに開き、口中で生ぬるくなった水が少しずつ注がれてきた。祐二郎は噎《む》せないよう喉に流し込み、さらに舌を差し入れ、可愛い歯並びを舐め、舌もからみつかせた。

「あん……、お水は……？」

小鮎がビクッと口を離して言った。

「水はいいから、小鮎の唾をもっと」

言いながら顔を引き寄せ、再びピッタリと唇を重ね合わせた。すると彼女もためらいながら、トロトロと生温かく小泡の多い粘液を口移しに垂らしてくれた。

祐二郎は、酒以上に美少女の唾液にうっとりと酔いしれ、心ゆくまで味わいながら飲み込んだ。

そして小鮎の息を嗅いでいるうち我慢できなくなり、下帯を解いて激しく勃起した肉棒を露出させた。

「して……」

彼女の顔を下方へ押しやると、小鮎も素直に移動し、彼の股間に熱い息を籠もらせながら、先端にしゃぶりついた。温かく濡れた舌が滑らかに亀頭を舐め回し、さらに深く含んで無邪気に吸ってくれた。

「ああ、気持ちいい……」

祐二郎は力を抜き、うっとりと喘いだ。

小鮎も執拗《しつよう》に舌をからめ、たっぷりと唾液にまみれさせてくれた。

「小鮎のも、舐めたい……」

やがて彼は充分に高まると、暴発してしまう前に言って口を離させた。

そして傍《かたわ》らに座らせ、まずは彼女の足首を持って引き寄せ、足裏を顔に当てた。

ひんやりした足の裏が、火照《ほて》った額《ひたい》や頬に心地良かった。

「あん……」

さすがに彼女も、武士の顔に足を載せるのは抵抗があるようで、小さく声を洩らし脚を震わせていた。

祐二郎は足裏を舐め回し、縮こまった指の股に鼻を割り込ませ、汗と脂に湿って蒸れた芳香を嗅ぎ、爪先《つまさき》にもしゃぶりついた。全ての指の間に舌を潜り込ませて味わい、もう片方も味と匂いが消えるまで貪《むさぼ》った。

「アア……、どうか、もう堪忍《かんにん》……」

小鮎が息を弾ませて言い、祐二郎も口を離し、彼女の身体を抱き寄せて顔を跨がせた。

「さあ、もっと裾をめくって、厠に入ったときのように」

「ああ、どうしよう……、恥ずかしいし、怖いです……」

真下から言うと、小鮎は声を震わせ、それでも着物と腰巻の裾を大きくたくし上げ、恐る恐るしゃがみ込んできた。

祐二郎は鼻先に迫る陰戸を見上げ、柔らかな若草に鼻を埋め込んだ。

今日も、働きものの小鮎の股間には、汗とゆばりの匂いが悩ましく籠もり、鼻腔を心地良く刺激してきた。

「とってもいい匂い」

「う、嘘です、そんなの……」

言うと、彼女は激しい羞恥《しゅうち》と畏《おそ》れ多さにか細く答えた。

祐二郎は何度も鼻を鳴らして美少女の体臭を嗅ぎ、舌を這わせはじめた。すると、すぐにも熱い蜜汁がトロトロと溢れてきたのだ。

「ああッ……！」

オサネを舐めると小鮎が喘ぎ、クネクネと腰をよじらせはじめた。

彼は割れ目内部を満遍《まんべん》なく舐め回し、尻の真下にも潜り込んで、顔中をひんやりした双丘に密着させ、可憐《かれん》な薄桃色の蕾《つぼみ》に鼻を埋め込んで嗅いだ。やはり秘めやかな微香が可愛らしく籠もり、舌先でくすぐるように舐めると、美少女の肛門が磯巾着《いそぎんちゃく》のようにヒクヒクと収縮した。

内部にもヌルッと舌先を押し込んで滑らかな粘膜を味わい、再び陰戸に戻って淡い酸味の蜜汁をすすり、オサネにも吸い付いた。

「アア……、も、もう駄目……」

小鮎は感じすぎ、とても足を踏ん張っていられず降参するように喘いだ。

祐二郎も待ちきれなくなり、舌を引っ込めて彼女の身体を股間まで押しやった。

彼女も素直に一物に跨り、先端を陰戸に押し当ててゆっくりと座り込んできた。

たちまち一物は、ぬるぬるっと肉襞の摩擦を受けながら、滑らかに根元まで呑み込まれていった。

「あう……」

小鮎が顔をのけぞらせ、硬直しながら呻いた。

祐二郎もキュッと締め付けられ、快感を嚙み締めながら彼女を抱き寄せた。そして肩に腕を回して押さえつけながら、ズンズンと股間を突き上げた。

翌日の昼過ぎ、祐二郎が学問所を出て道場へ向かおうとすると、礼がやってきて伝えてくれた。

「あ、有難《ありがと》う……」

彼は、道場へ行かなくて済むという嬉しさと、礼が何もかも知っていることに戸惑いながら答えた。もちろん綾乃にも会いたいし、淫気も激しいが、書院番頭という父親の存在が大きすぎて緊張の方が大きかった。

「では、私はこれで」

礼は言い、すぐ引き返していった。

祐二郎は、気が急《せ》く思いで出会い茶屋へと向かった。もう重吾や周三も、彼が稽古に来なくても何も言わないだろう。

中に入ると、二階の同じ部屋で綾乃が待っていた。

「ごめんなさい。お呼び立てしてしまい」

「いいえ、嬉しいです」

「昨日、父にお会いになったそうですね。かなりお酒を勧めたそうで、申し訳ありませんでした。でも父も、良い男だったと言っておりました」

綾乃は言い、ほんのり頬を染めて彼に迫ってきた。

「どうにも、胸が苦しくて、お会いしたくて堪《たま》りませんでした……」

彼女が、物怖《ものお》じせず近々と顔を寄せて祐二郎を見つめた。あまりに近いので、彼も抱き寄せ、そのまま唇を重ねてしまった。

柔らかな感触と唾液の湿り気が伝わり、甘酸っぱい息の匂いが鼻腔を掻《か》き回してきた。

祐二郎が舌を差し入れ、滑らかな歯並びを舐めると、彼女も歯を開いて舌を触れ合わせてきた。

柔らかな舌を舐め回し、生温かな唾液をすすると、

「ンン……」

綾乃も目を閉じ、うっとりと熱く鼻を鳴らして彼の舌に吸い付いてきた。

長く舌をからめ、祐二郎は心ゆくまで美女の唾液と吐息を味わった。

ようやく唇を離すと、もう綾乃はとろんとした眼差《まなざ》しで、朦朧となってきたようだ。

祐二郎も、もう淫気に専念し、彼女の父親への気後れなど吹き飛んで激しく勃起してきてしまった。

やがて綾乃が自分から帯を解き、彼も脱ぎはじめた。

たちまち全裸になると、祐二郎は綾乃を布団に横たえ、桜色の乳首にチュッと吸い付いていった。

「アア……」

綾乃がビクッと顔をのけぞらせて喘ぎ、甘ったるく上品な体臭を揺らめかせた。

祐二郎は舌で転がし、顔中を柔らかく弾力ある膨らみに押しつけて、生娘《きむすめ》の肌の張りを味わった。

充分に舐め回してから、もう片方の乳首を含むと、すっかり彼女の呼吸が熱く弾み、うねうねと肌が波打ってきた。

彼は腋の下にも顔を埋め込み、和毛《にこげ》に鼻をこすりつけ、生ぬるく甘ったるい汗の匂いで鼻腔を満たした。

「いい匂い……」

「あん……、恥ずかしいわ。汗臭いでしょう……」

綾乃がか細く言い、羞恥に身をくねらせた。やはり期待と緊張に、来るときから相当に汗ばんでいたのだろう。

祐二郎は何度も深呼吸して美女の体臭を嗅ぎ、やがてスベスベの脇腹を舐め下り、真ん中に行って張りつめた腹部にも舌を這い回らせた。

「アア……、くすぐったいわ……、でも、お好きなようにして……」

臍を舐めると綾乃が喘いで言い、祐二郎はさらに白い下腹から腰、むっちりとした太腿へと舌で這い降りていった。

滑らかな脚を舐め、足首まで行くと、彼はお嬢様の足裏に顔を埋め、踵《かかと》から土踏まずまで舐め回し、指の股に鼻を割り込ませて嗅いだ。

お嬢様でも、やはり小舶と変わらず、指の股はジットリと汗と脂に湿り、蒸れた匂いを濃く籠もらせていた。

祐二郎は何度も鼻を押しつけて嗅ぎ、その刺激を味わいながら爪先にしゃぶり付き、順々に指の間に舌を差し入れていった。

「あうう……、な、何をなさるの……、汚いのに……」

綾乃が激しく声を震わせて言った。前回のことは、朦朧としていたから、ろくに覚えていないのだろう。

彼は構わず全ての指をしゃぶり尽くし、桜色の爪を噛み、もう片方の足も存分にしゃぶり、味と匂いが薄れるまで貪った。

そして彼女の身体をゴロリとうつ伏せにさせ、踵から脹ら脛《ふくはぎ》を舐め、汗ばんだひかがみを味わった。どこも滑らかな舌触りで、白い太腿を舐め、形良い尻の丸みを舌でたどっていった。

しかしまだ谷間には触れず、腰から背中を舐め上げた。ほんのりと汗の味がし、肩まで行くと髪に鼻を埋め、仄《ほの》かな香油の匂いを味わった。

そして耳朶《みみたぶ》を吸い、うなじを舐め、また背中を舐め下りて脇腹に寄り道し、肌全体を心ゆくまで味わってから、彼女の尻に顔を寄せた。

うつ伏せのまま脚を開かせ、その間に腹這いになって双丘に顔を押しつけると、何とも神聖な柔らかさと張りが顔中を包み込んだ。

両の親指でムッチリと谷間を広げると、奥でひっそり閉じられた薄桃色の蕾が見えた。

それは羞《は》じらうように、細かな襞《ひだ》を震わせて息づいていた。

鼻を押しつけて嗅ぐと、秘めやかな微香が感じられ、その悩ましい刺激が胸に染み込んできた。

舌先でそっと蕾を舐めると、

「く……！」

綾乃が顔を伏せたまま呻き、白く丸い尻をクネクネさせた。

それを押さえつけ、谷間を開いたまま舐め回し、充分に濡らしてから舌先をヌルッと押し込んで滑らかな粘膜を味わった。

「ああッ……、駄目……」

綾乃が喘ぎ、潜り込んだ舌先を肛門でモグモグと締め付けてきた。

祐二郎は充分に美女の内壁を舐め回し、顔中を尻に押しつけた。きめ細かな肌は実に柔らかく、思いきり嚙《か》みつきたい衝動にすら駆られた。

すると綾乃が尻を庇《かば》うように寝返りを打ってきたので、そのまま彼も舌を引き離し、片方の脚を潜り抜けた。

開かれた股間に迫ると、熱気と湿り気が顔中を包み込んだ。

すでに陰唇はネットリとした蜜汁にまみれ、興奮に色づいていた。指で広げると、柔肉はヌメヌメと妖しく蠢き、膣口も細かな襞を息づかせていた。オサネは包皮を押し上げるようにツンと突き立ち、どれも実に美味しそうだった。

「綾乃様。また呼び捨てにして、陰戸を舐めるよう命じて下さいませ」

股間から言うと、綾乃の下腹がビクッと波打った。

「い、意地悪ね……、私に言わせるの……?」

彼女は身をくねらせ、激しく息を弾ませていた。

「ええ、言われた通りに致しますので」

「分かったわ……、祐二郎。私の陰戸をお舐め……、ああッ……」

綾乃は言い、自分の言葉に激しく反応して身悶えた。膣口の収縮も高まり、さらに新たな淫水がトロトロと溢れてきた。

祐二郎も、もう焦《じ》らさず顔を埋め込み、柔らかな恥毛に鼻をこすりつけて嗅いだ。

今日もお嬢様の茂みには、甘ったるい汗の匂いとゆばりの刺激が入り交じり、馥郁《ふくいく》と鼻腔を掻き回してきた。

「いい匂い……」

また祐二郎が思わず股間から言うと、綾乃の内腿がキュッと締まり、彼の両頬をきつく挟みつけてきた。

彼ももがく腰を抱え込み、陰戸に舌を這わせ、淡い酸味のヌメリをすすった。

舌先で息づく膣口を舐め、震える襞を掻き回した。そしてオサネまでゆっくり舐め上げていくと、

「あう……！　そこ……」

綾乃がビクッと顔をのけぞらせて呻き、股間を突き出してきた。

祐二郎は舌先をオサネに集中させ、執拗に愛撫してやった。

四

「ゆ、祐二郎……、お願い、入れて……」

舐めているうち、綾乃が声を上ずらせてせがんできた。

良いのだろうか。初物を奪ってしまったら、もうのっぴきならない仲になるだろう。

いや、すでにここまで来れば、そうなっているのだ。それにもし本当に滝田家へ婿養子に入れるなら、この上ない幸運なのである。

それでも、一抹《いちまつ》のためらいがあった。

それは何かといえば、ここのところ急激に良くなってきた女運である。もちろん婿に入って書院番の職務を学べば、もうそんな余裕もなくなるだろうが、これは実に贅沢な悩みであった。

もちろん祐二郎も淫気を高め、綾乃と一つになることには何のためらいもなかった。

祐二郎は美女の味と匂いを充分に胸に焼き付けてから身を起こし、激しく屹立した一物を構え、股間を進めていった。

綾乃も、すっかり覚悟をして目を閉じ、神妙にそのときを待っていた。

彼は急角度にそそり立つ肉棒に指を添えて下向きにさせ、濡れた陰戸に先端をこすりつけ、ヌメリを与えながら位置を定めた。

そして感触を味わうように、ゆっくりと挿入していった。

「あう……！」

綾乃が眉《まゆ》をひそめて呻き、身を強《こわ》ばらせた。

祐二郎は、熱いほどの温もりときつい締まりの良さを味わいながら、ヌルヌルッと根元まで押し込んだ。肉襞の摩擦と収縮が実に心地良く、彼は股間を密着させたましばし快感を嚙み締めた。

やがて両足を伸ばして身を重ね、彼女の肩に腕を回して抱きすくめながら、胸で柔らかく弾む乳房を押しつぶした。

「アア……、熱いわ……」

綾乃も、下から両手でしがみつきながら小さく喘いだ。

さすがに生娘の膣内は狭く、奥からはドクドクと躍動が伝わってきた。

祐二郎は充分に温もりと感触を味わってから、彼女の甘い匂いの首筋に顔を埋めながらそろそろと腰を突き動かしはじめた。

吸い付くような感触があり、それも次第に溢れる蜜汁でヌラヌラと滑らかに動けるようになってきた。

「あうう……、もっと乱暴に、私を滅茶苦茶《めちゃくちゃ》にして……」

綾乃が、きつくしがみつきながら言う。

動くたびにヌメリが増し、いつしか律動に合わせてピチャクチャと湿った摩擦音が聞こえてくるようになった。

祐二郎は美女の喘ぐ口に鼻を押し当て、湿り気ある甘酸っぱい息を嗅ぎながら次第に動きを速めていった。そして舌をからめ、生温かな唾液を味わうと、急激に絶頂の荒波に襲われてしまった。

「く……!」

突き上がる快感に呻き、祐二郎は熱い大量の精汁をドクンドクンと勢いよく柔肉の奥にほとばしらせた。

「アア……、出ているのね……、分かるわ……」

綾乃が噴出を感じ取って喘ぎ、飲み込むようにキュッキュッと陰戸を収縮させた。

祐二郎は、快感の最中だけは生娘を気遣う余裕も吹き飛び、股間をぶつけるように乱暴に動いてしまった。

やがて最後の一滴まで出し尽くすと、徐々に動きを弱め、彼女に体重を預けながらうっとりと快感の余韻を噛み締めた。

膣内も収縮を繰り返し、綾乃は硬直したまま荒く息を弾ませていた。

彼は呼吸を整え、ノロノロと身を起こして股間を引き離した。

「あう……」

ヌルッと引き抜けるとき、また綾乃が声を洩らした。

祐二郎は桜紙を手にし、手早く一物を拭き清めてから、生娘でなくなったばかりの陰戸を覗き込んだ。割れ目からはみ出す陰唇は痛々しくめくれ、膣口からはトロリと精汁が逆流していた。

優しく紙を当てて拭ってやると、ほんのうっすらと破瓜《はか》の血が混じっていたが、それは実に微量だった。

処理を終えて添い寝すると、綾乃が甘えるように祐二郎の胸に顔を当て、彼も腕枕してやった。

「痛かったですか……」

「いいえ、大丈夫……、思っていたほど痛くはなかったし、嬉しい気持ちの方が大きかったです……。でも、まだ何か入っているような気持ち……」

訊くと、綾乃が答えた。

そして彼女の熱い息に肌をくすぐられるうち、またすぐにも祐二郎はムクムクと回復してきてしまった。思わず胸を綾乃の口に押しつけると、彼女も、そっと彼の左の乳首を舐めてくれた。

「嚙んで下さい……」

「大丈夫……？」

囁くと、彼女も答えながら、そっと綺麗な前歯で乳首を挟んでくれた。

「もっと強く……、肌のあちこちも……」

言うと綾乃は、やや力を込めて嚙んでくれ、さらに乳首の回りから脇腹、下腹の方までキュッと歯を食い込ませてくれた。

「ああ……、綺麗なお嬢様に、食べられている……」

祐二郎が完全に勃起しながら喘ぐと、綾乃もとうとう彼の股間に顔を寄せてきた。

幹に指を添え、まだ湿っている鈴口にヌラヌラと舌を這わせ、亀頭にもしゃぶりついてくれた。もちろんそこには歯を当てることはしなかった。

「アア……」

喘ぐと、さらに彼女はクチュクチュと舌の動きを激しくさせてくれた。

そして喉の奥までスッポリと呑み込み、温かな口の中で舌を蠢かせ、たっぷりと清らかな唾液に浸した。

綾乃も、挿入された痛みや衝撃など無いかのように夢中で吸い付き、スポンと口を引き離すとふぐりまで舐め回してくれた。さらに彼の脚を浮かせると、尻の谷間に熱い息を吐きかけ、舌先でチロチロと肛門を舐めてくれたのだ。

「あうう……、い、いけません……」

さすがに祐二郎も、旗本の頂点にいる家柄のお嬢様に尻を舐められ、畏れ多さに声を震わせて呻いた。

しかし綾乃はヌルッと舌先を潜り込ませ、彼はモグモグと肛門で美女の舌を味わった。

案外活発で物怖じしない彼女は、自分から行動し、相手が喜ぶ方が好きなのかも知れない。そして彼女は、祐二郎の前も後ろも愛撫して顔を上げた。

「ねえ、もう一度入れてみたいわ……」

「はい……、お嫌《いや》でなければ、では茶臼《ちゃうす》で……」

言われて、祐二郎は仰向けのまま彼女の手を引いて、唾液に濡れた一物に跨らせた。

綾乃も、全く物怖じせず先端を膣口に押し当て、息を詰めてためらいなく腰を沈み込ませてきた。

玄庵の本で、すればするほど早く良くなることを知っているのかも知れない。

「アアッ……！」

たちまち屹立した肉棒が、ぬるぬるっと肉襞を押し開いて根元まで潜り込み、綾乃も完全に座り込んで喘いだ。祐二郎は股間に美女の重みと温もりを受け、再びきつい締め付けの肉壷に包まれながら快感を高めた。

綾乃は上体を起こしていられず、すぐに身を重ねてきた。

祐二郎も抱き留め、様子を見ながらズンズンと股間を突き上げはじめた。まだ内部には精汁も残り、すぐにも動きは滑らかになってきた。

彼は綾乃に唇を重ね、執拗に舌をからめた。彼女が下向きだから、舌を伝って生温かな唾液がトロトロと彼の口に注がれてきた。

美女の熱く甘酸っぱい口の匂いを嗅ぐと、すぐにも彼は果てそうなほど急激に高まってきた。

「ああ……、いきそう……」

祐二郎は綾乃の口に鼻を押しつけて喘ぐと、彼女も熱く息を弾ませながら、ヌラヌラと舌を這わせ、彼の鼻の穴を舐め回してくれた。

湿り気ある吐息と唾液の匂いに高まり、あっという間に祐二郎は二度目の絶頂を迎えてしまった。

「く……！」

突き上がる快感に短く呻き、ありったけの熱い精汁をドクドクとほとばしらせると、

「ああ……、熱いわ。いい気持ち、もっと……、アアーッ……！」

綾乃は奥深い部分を直撃されると同時に声を上げ、がくんがくんと狂おしく痙攣しはじめた。

これは、小鮎以上に急激な成長で、早く気を遣ってしまったようだ。

膣内の収縮も高まり、祐二郎は彼女の反応に驚きながら、心おきなく最後の一滴まで出し尽くした。

そして快感を嚙み締め、満足しながら徐々に突き上げを弱めていった。

綾乃も、肌の強ばりを解きながらグッタリと彼にもたれかかってきた。

「アア……、身体が浮かんだように、気持ち良かったわ……」

綾乃が吐息混じりに言い、何度か思い出したようにビクッと肌を波打たせた。

祐二郎は彼女の重みを受け止め、温もりと匂いに包まれながら、うっとりと快感の余韻を嚙み締めたのだった。

五

「何やら、滝田様の家からお使いの方が見えて、父上と母上が食事に呼ばれてしまったようです」

夜半、寝巻姿の雪絵が離れに来て祐二郎に言った。

今宵《こよい》は、父と兄が夕餉に酒を飲み、早々と寝てしまったようだ。洋之進も酒が弱いので少しでも飲めば、もう朝まで目を覚ますことはない。

「ええ、だいぶ戸惑っておられるようですね。私も同じです」

「一体、どうして滝田様のお嬢様と知り合ったのです」

雪絵は、淫気を抑えて囁くように訊いてきた。やはり五千石の書院番頭の家からの使いとなれば、相当に気になるのだろう。

「綾乃様とは、玄庵先生のお宅で何度か会っただけです。学問所には、滝田様ご本人から声をかけられ、それで先日は酒で失態を」

「左様ですか。相当に気に入られたのですね。良いことですが、あまりの相手なので驚きました」

「はい、父上母上も、だいぶ舞い上がっているようです」

「そんな、他人事《ひとごと》のように……。でも、婿入りが近いのなら、私も急ぎたいです。少しでも多く子種を……」

ようやく本題に入り、雪絵が寝巻を脱ぎはじめた。

祐二郎も手早く寝巻と下帯を脱ぎ去り、布団に横になった。雪絵も、一糸まとわぬ姿になって添い寝し、彼は甘えるように乳首に吸い付いていった。

「アア……」

雪絵がビクッと熟れ肌を震わせて喘いだ。

「そのようなことより、早く交接を……」

彼女は、気が急くようにいって肌をすりつけてきた。

やはり夫が酔って寝ているとはいえ、万一何かの拍子に目覚めないとは限らず、気が気でないようだった。

「しかし、味と匂いがないと硬く立ちませんので……」

祐二郎は言い、左右の乳首を充分に舌で転がしてから、兄嫁の腋の下に顔を埋め、腋毛に鼻をこすりつけて甘く濃厚な体臭で胸を満たした。

そして熟れ肌を舐め下り、足の指に鼻を割り込ませて嗅ぎ、両の爪先をしゃぶってから股間に顔を埋め込んでいった。

黒々と艶《つや》のある茂みに鼻を押しつけると、汗とゆばりの刺激が馥郁と胸に沁み込んできた。祐二郎は何度も深呼吸して嗅ぎ、陰戸に舌を這わせていった。

「ああッ……、いい気持ち……」

膣口からオサネを舐め上げると、雪絵が熱く喘ぎ、身を反らせて反応した。量感ある内腿はきつく彼の顔を締め付け、挿入を急かす割には激しく身悶えた。

祐二郎はオサネを吸い、熱く溢れる淡い酸味の淫水をすすり、さらに脚を浮かせて尻の谷間にも鼻を埋め込んでいった。やはり、一通りの女臭を味わわなければ挿入する気になれないのだ。

秘めやかな微香を嗅いでから肛門を舌でくすぐり、内部にもヌルッと潜り込ませて粘膜を味わい、充分に舌を蠢かせてから、再び陰戸に戻ってオサネを舐め回した。

「わ、私も……」

雪絵が言い、身を起こして彼の股間に顔を寄せてきた。

祐二郎も受け身に転じ、先端を舐められて快感に喘いだ。兄嫁の舌が鈴口をくすぐり、亀頭にしゃぶり付き、喉の奥まで呑み込んできた。

「ああ……、義姉上……」

祐二郎はうっとりと喘ぎ、唾液にまみれた一物をヒクヒクと震わせた。

しかし彼女も、充分に唾液に濡らしただけでスポンと口を引き抜いてきた。

「今日は、後ろからして……」

どこで覚えたものか、雪絵は四つん這いになって言い、尻を高く持ち上げ彼の方に突き出してきた。

祐二郎も、誇り高い武家女が無防備な体勢を取ったことに興奮し、膝を突いて股間を進めていった。唾液に濡れた亀頭を、後ろから兄嫁の陰戸に宛がい、感触を味わいながらゆっくり挿入した。

「アアッ……！」

雪絵が白く汗ばんだ背中を反らせて喘ぎ、ぬるぬるっと滑らかに根元まで吸い込んでいった。祐二郎も、通常違う感触と締め付けに陶然となりながら、深々と押し込むと、尻の丸みが下腹部に当たって弾み、何とも心地良かった。

そして背中に覆い被さり、両脇から廻した手で、たわわに実る乳房をわし摑みにした。

「あうう……、気持ちいい……」

雪絵が顔を伏せたまま呻き、尻をくねらせながら締め付けてきた。

溢れる淫水は内腿を濡らし、彼が腰を突き動かすと、揺れてぶつかるふぐりもネットリとまみれた。

しかし、乳房をもみながら腰を動かし、下腹部に豊満な尻の感触を受け止めるのは心地良いが、やはり祐二郎は顔が向かい合わないのが物足りなかった。

すると、まるでそれを察したかのように、雪絵が力尽きて横倒しになった。

祐二郎は交接したまま、彼女の下の脚に跨り、上の脚に両手でしがみついた。互いの股を交差させる、松葉くずしという体位だ。

局部のみならず、内腿まで密着感が高まり、なおも祐二郎は腰を突き動かした。

さらに彼女の脚を下ろして仰向けにさせ、繋がったまま脚を入れ替えて本手《ほんで》（正常位）まで持っていった。

身を重ねると、今度こそ顔が向かい合い、兄嫁の熱く甘い吐息を顔中に感じることが出来た。

胸で豊かな乳房を押しつぶし、唇を重ねると、彼女も両手でしがみつき、クチュクチュと舌をからみつけてくれた。

「ンンッ……！」

勢いを付けて律動すると、雪絵が熱く呻き、彼の舌に強く吸い付いてきた。

祐二郎も、もう快感に腰の動きが止まらなくなってしまい、股間をぶつけるようにして動き続けた。

しかし、今度は雪絵が彼を制してきたのだ。

「お願い、上にさせて……」

言われて、祐二郎もすぐに動きを止めて仰向けになると、彼女も入れ替わりに身を起こしてきた。

どうやら彼女も、祐二郎と密会するようになってから、すっかり気を遣るのが楽しみになり、自由に動ける上が好きになったのだろう。

すぐにも彼女は一物に跨り、指を添えて深々と受け入れると、身を重ねて彼を抱きすくめてきた。祐二郎も、下から兄嫁を見るのが好きなので、これで互いが気を遣る準備が整った。

祐二郎もしがみつき、僅かに両膝を立てて股間を突き上げはじめた。

溢れる淫水が彼の股間をビショビショにさせ、雪絵も合わせて腰を使った。

「い、いきそう……」

「義姉上……、好き……」

「駄目よ、そんなこと言わないで……、アアッ……!」

雪絵が快感を高めながら声を上ずらせ、上から激しく唇を重ねてきた。

祐二郎も、兄嫁の唾液と吐息を心ゆくまで吸収しながら高まっていった。

「もっと唾を……」

「また、そのようなことを……」

せがむと、雪絵はたしなめるように言いながらも、懸命に唾液を分泌させて彼の口にトロリと垂らしてくれた。祐二郎もうっとりと味わいながら飲み込み、さらに顔中を兄嫁の口にこすりつけた。

「アア……」

雪絵は喘ぎながら舌を這わせ、たちまち祐二郎の顔中を生温かな唾液でヌルヌルにしてくれた。

「い、いく……、祐二郎さん……、アアーッ……!」

自分のはしたない行為に高まり、とうとう彼女は声を震わせながら気を遣り、がくんがくんと狂おしい痙攣を開始した。同時に膣内の収縮も最高潮になり、続いて祐二郎も果ててしまった。

「く……!」

突き上がる快感を噛み締めながら呻き、彼はありったけの熱い精汁を勢いよく柔肉の奥にほとばしらせた。

「あう……、もっと……!」

噴出を感じ取ると、雪絵は駄目押しの快感の中で口走り、さらにきつくキュッと肉棒を締め上げてきた。祐二郎は心おきなく最後の一滴まで出し尽くすと、満足しながら動きを弱めていった。

「ああ……、溶けてしまいそう……」

雪絵も満足げに吐息混じりに呟き、動きを止めてグッタリと彼に体重を預けてきた。

そして荒い呼吸を繰り返しながら、名残惜《なごりお》しげに一物を締め付けた。その刺激に、射精直後で過敏になった幹が内部でピクンと跳ね上がった。

「アア……、早く孕《はら》みたい……、それとも、もう命中しているのかしら……」

雪絵は余りの精汁を搾り取るように締め付け、荒い呼吸とともに言った。

祐二郎は彼女の重みを受け止め、白粉のように甘い刺激を含んだ息を嗅ぎながら、心ゆくまで快感の余韻を味わったのだった。

ようやく雪絵も呼吸を整え、そろそろと身を起こすと、懐紙で手早く陰戸の処理をして身繕いをした。

「では戻るわ」

「お休みなさいませ……」

雪絵が言うと彼も身を起こして端座し、深々と頭を下げて兄嫁を見送った。

そして祐二郎は、こんな日々に限りない幸福を感じ、早々と婿養子に行くのが億劫《おっくう》にさえ思えてしまったのだった。

第五章　二人の美女に包まれて

一

「今日も玄庵先生は、藩邸の方へお越しですので夕刻まで戻りません」

礼が言い、祐二郎は妖《あや》しい期待に胸が高鳴った。

今日も彼は学問所で昼食を終え、父の膏薬《こうやく》を取りに行くという口実で道場は休んでしまい、こうして小川町に来ていたのだった。

「では、また色々とお教え頂いてもよろしいでしょうか……」

祐二郎は股間を熱くさせながら、礼にせがんでしまった。最初は地味で影の薄い女と思っていたが、今は妖しく美しく、素破《すっぱ》という正体を知ってからは一層神秘的な魅力を感じるのである。

そして何より、身分の差などものともせずに、頼んだことはためらいなくしてくれることが嬉しかったのだ。

「ええ、ではこちらへ」

礼も、快く応じてくれ、彼女の部屋に招かれた。そこで手早く床を敷き延べた。

「脱いで、横になってお待ち下さいませ。戸締まりをして参ります」

礼が言って部屋を出ていったので、祐二郎は大小を置き、袴《はかま》と着物を脱ぎ去り、たちまち全裸になって横になった。枕にも敷布にも、礼の甘ったるい匂いが心地良く沁《し》みついていた。

しかし、礼がなかなか戻ってこない。

祐二郎が焦《じ》れて待っていると、ようやく廊下に足音が聞こえ、彼も胸を高鳴らせ、勃起した一物を震わせて彼女を迎えた。

だが、入ってきたのは礼ともう一人、綾乃も一緒だったのである。

「うわ……！」

祐二郎は驚き、慌てて股間を隠し、何と言い繕《つくろ》おうか混乱した。

「良いのですよ。前から、綾乃さんにも色々お教えしようと思っていたのですから」

礼が言い、綾乃もすでに聞いていたらしく、ほんのり頬《ほお》を染めているものの、さして驚かず部屋に入ってきた。

そして礼と一緒に、綾乃まで帯を解きはじめたのだ。

（な、何が一体……）

祐二郎は、見る見る白い肌を露《あら》わにしていく二人の美女を見上げ、驚きに萎《な》えかけた一物がまたピンピンに硬くなってしまった。

礼はともかく、綾乃までためらいなく一糸まとわぬ姿になってしまい、やがて仰向けに寝ている彼の左右に座ってきたのである。

「殿方も、一物だけでなく様々なところが感じます。むしろ、一物に触れるのは最後にするぐらいの気持ちで可愛がってあげましょうね」

礼が言い、綾乃も頷《うなず》いた。

「では、このあたりから」

そして礼が言うなり屈み込み、祐二郎の右耳にそっと歯を立ててきた。

すると綾乃も、反対側に同じようにしてきたのだ。

「特に祐二郎さんは、噛まれるのがお好きなので、優しく歯を当てて、たまに強く」

礼が耳元で囁《ささや》くと、反対側の綾乃もそっと彼の耳朶《みみたぶ》を噛んだ。

「ああ……」

祐二郎は、何やら自分の意向が全く無視され、美女二人の餌食《えじき》になっているような興奮を覚えた。

左右の耳に美女たちの熱い息がかかり、たまにキュッと歯が食い込み、さらに舌先が両の耳の穴に潜り込んで蠢《うごめ》いた。聞こえるのは、クチュクチュと濡れた舌の蠢く音だけで、何やら彼は頭の内側まで舐《な》められているような気になった。

そして礼が彼の首筋を舐め下りると、綾乃も打ち合わせたように同じ動きをし、やがて熱い息で肌をくすぐりながら、二人は彼の左右の乳首に吸い付いてきた。

そこも二人はチロチロと念入りに舐め、強く吸い付き、たまにキュッキュッと綺麗な歯で乳首を噛んでくれた。

「アア……、もっと……」

祐二郎は喘《あえ》ぎ、女のようにクネクネと身悶《みもだ》えた。強く噛まれると、甘美な痛みと快感がゾクリと全身を走った。

さらに二人は脇腹を噛み、舌を這わせて這い降りていった。

下腹から腰、太腿が愛撫され、祐二郎は二人に食べられている気分でうっとりと身を任せていた。

すると二人は足裏を舐め、彼の左右の爪先にまでしゃぶり付き、指の股に舌を割り込ませてきたのである。

「あうう……、いけません……」

祐二郎は驚いた声を洩らしたが、二人は厭《いと》うことなく、全ての指を舐め、清らかな唾液に温かくまみれさせてくれた。そして二人は彼の脚の内側を舐め、内腿を噛み、とうとう股間に熱い息を籠《こ》もらせてきたのだった。

すると礼が、先に彼の脚を浮かせ、肛門に舌を這わせてきたのである。チロチロと舐めてからヌルッと潜り込ませ、舌を離すと、続けて綾乃も同じようにしてきた。

「ああッ……！」

祐二郎は、続けざまに美女たちに肛門を舐められ、しかも綾乃の舌を締め付けながら喘いだ。

やがて脚が下ろされると、今度は二人で頬を寄せ合い、舌を伸ばしてふぐりをしゃぶりはじめた。それぞれの睾丸が舌で転がされ、混じり合った息が熱く股間に籠もり、快感も二倍だった。

さらに二人はいよいよ舌先で肉棒を舐め上げ、同時に亀頭にしゃぶりついてきた。

綾乃は、礼の淫法に操られているように、女同士の舌が触れ合うことも厭わず、交互に鈴口を舐めて滲《にじ》む粘液をすすってくれた。

「ここが一番感じますが、ここばかり舐めてはいけませんよ」

礼が、鈴口の少し裏側に舌を這わせて言い、側面を舐め、内腿にもキュッと歯を立てきた。

綾乃も真似をし、内腿を噛み、ふぐりから肉棒を何度か舌で往復した。

そして二人は交互に一物を含み、喉の奥まで呑み込んできた。

先に礼が手本を示すように深々と頬張り、チューッと吸い付きながらスポンと引き離した。

すると綾乃も同じように呑み込み、内部でクチュクチュと舌をからめながら、チュパッと口を離した。

「ああ……、い、いきそう……」

祐二郎は二人分の愛撫を受け、混じり合った唾液にまみれた一物を震わせた。

しかし、彼の意向など全く無視し、礼と綾乃は強烈な愛撫を続けた。

「口でするときは、ふぐりをいじったり幹に指を添えなくていいです。殿方は女のお口が好きだから、余計な愛撫をされるより、お口の中の感触だけに集中したいのですよ」

礼が言い、やがて二人で同時に亀頭を舐め回しはじめた。さらに二人の濡れた口が、心地良く肉棒を摩擦してきた。

何やら二人が一本の千歳飴《ちとせあめ》でも争って舐めているような、あるいは女同士の口吸いに一物が割り込んだような、そんな感じだった。

とにかく祐二郎は、二人がかりの濃厚な愛撫に限界に達してしまった。

「い、いく……、アアーッ……！」

もう、どちらの口に入っているかも分からないほど朦朧《もうろう》となり、祐二郎は突き上がる快感に喘いだ。同時に、熱い大量の精汁がドクドクと勢いよく噴出したが、それも巧みに二人の口に受け止められた。

先に礼が第一撃を飲み込み、余りを綾乃に託したようだ。

「ンン……」

綾乃が亀頭を含んで吸い付き、祐二郎も心おきなく全て出し切った。

彼女は喉に流し込みながらも、なおも強く吸い付き、思わず祐二郎はビクッと腰を浮かせて過敏に反応した。

ようやく綾乃も口を離し、彼はぐったりと身を投げ出し、全裸の二人の美女を見つめながら余韻を味わった。

「これで、しばらくは精汁も出ない状態になりましたので、回復するまで、今度は私たちが気持ち良くしてもらいましょうね」

礼が言い、綾乃を促《うなが》して立ち上がった。そして仰向けに寝ている祐二郎の顔の左右に立ち、互いの身体を支え合いながら、足を浮かせ、そっと顔に乗せてきたのである。

「お顔を踏むの……？」

「ええ、祐二郎さんは、これが好きなのですよ」

「でも……」

「こうしたことを好む殿方がいるのです。優秀で、優しい人に多いのですよ」

礼が言い、先に爪先《つまさき》を彼の鼻に押しつけてきた。さすがに礼は、いちいち要求しなくても彼の性癖《せいへき》を分かっているのだ。

生温かく湿った感触と、指の股の蒸れた匂いに、たちまち祐二郎自身はムクムクと回復していった。

彼は足裏を舐め、爪先にしゃぶりついて全ての指の間に舌を割り込ませた。

やがて礼が足を離すと、綾乃も彼の顔に恐る恐る足裏を乗せてきた。

こちらも指の股は汗と脂に湿り、礼に負けないほど濃厚な匂いを籠もらせていた。

同じように足裏をヌラヌラと舐め、爪先にしゃぶりついて吸い、指の股にも順々に舌を潜り込ませて味わった。

「あぁッ……、くすぐったいわ……」

綾乃が喘ぎ、彼の口の中で指先を縮めた。

さらに二人は足を交替させ、祐二郎も心ゆくまで二人の美女の味と匂いを貪《むさぼ》った。

舐めながら見上げると、すでに二人の陰戸《ほと》も充分に興奮に色づいて潤い、淫気も高まっているようだった。

「では、私から陰戸を舐めてもらいますね」

礼が言い、ためらいなく祐二郎の顔に跨り、しゃがみ込んできた。

二

「アア……、いい気持ち……」

祐二郎が真下から舐めると、礼がうっとりと喘いで言った。

柔らかな茂みに鼻を埋めると、汗とゆばりの匂いが実に悩ましく籠もり、舐め回すとトロリとした淡い酸味の蜜汁《みつじゅう》が舌を伝ってきた。

突き立ったオサネに吸い付いてから、もちろん尻の真下にも潜り込み、顔中を白い丸みに押しつけながら、秘めやかな微香の籠もる肛門に鼻を埋め込んだ。そして舌先で蕾《つぼみ》を舐め回し、内部にも潜り込ませて味わった。

「く……」

礼は息を詰めて呻《うめ》き、彼の舌先を肛門でキュッと締め付けてきた。

やはり綾乃は術に陥《おちい》っているかのように、そんな様子を見ても悋気《りんき》を起こすこともなく、じっと番を待っていた。

ようやく礼が腰を上げ、彼の顔から離れると、すぐにも綾乃が跨り、しゃがみ込んできた。祐二郎は恥毛に鼻を埋め込んでこすりつけ、甘ったるい汗の匂いとゆばりの刺激を嗅ぎ、濡れた陰戸に舌を這わせた。

「ああッ……！」

綾乃もすぐに喘ぎはじめ、膣口をヒクヒクと息づかせながら生ぬるい淫水を漏らした。

味も匂いも似ているようで、やはり微妙に異なる、二人続けて味わうと、それがよく分かった。

充分に綾乃のオサネを舐め、ヌメリをすすってから、彼は尻の真下に潜り込み、ひんやりした双丘を顔中に受け止め、谷間に閉じられた桃色の蕾に鼻を押しつけて嗅いだ。悩ましい匂いが籠もり、祐二郎は貪りながら舌を這わせ、ヌルッと潜り込ませて滑らかな内壁を味わった。

「あう……、変な感じ……」

綾乃が舌を締め付けながら呻き、新たな淫水を彼の鼻先に垂らしてきた。

祐二郎は充分に二人の前も後ろも舐め回すと、やがて二人は彼の左右に添い寝して、火照《ほて》った柔肌を密着させてきた。

今度は左右から、彼の顔に柔らかな乳房が押しつけられた。

祐二郎は、それぞれ突きつけられてくる薄桃色の乳首を交互に含んで吸い、コリコリと硬くなった乳首を舌で転がした。

「アア……」

二人は喘ぎ、それぞれにかぐわしい息を彼の顔に吐きかけてきた。それと、胸元や腋から漂う甘ったるい汗の匂いも悩ましく混じり合った。

祐二郎は全ての乳首を充分に舐め回し、顔中に柔らかな膨らみを味わった。

もちろん腋の下にも顔を埋め込み、和毛に鼻をこすりつけて、二人の甘ったるい汗の匂いを嗅いだ。

すると礼が身を起こし、祐二郎も一緒に引き起こされた。

そして仰向けになった綾乃の股間に、今度は二人で屈み込んだのだ。

「お待ちを」

礼は言い、先に綾乃の陰戸を舐めた。膣口から陰唇の内側、柔肉からオサネまでゆっくりと味わうと、

「ああ……」

綾乃がビクッと顔をのけぞらせて喘いだ。

やがて礼が顔を上げ、祐二郎に説明した。

「綾乃様が最も感じるのは、オサネの下の方、このあたりの柔肉です」

礼が指したのは、陰唇の上部の分かれ目あたりの内側だった。祐二郎は屈み込み、生温かなヌメリをすすりながら、舌先でその部分を探った。オサネの下を覆《おお》うように、陰唇がハの字になっているところだ。

「アアッ……、そこ、いい……」

綾乃が、激しく顔をのけぞらせて喘いだ。

祐二郎も、その位置と舌触りを記憶して執拗に舐め回した。

「も、もう駄目……、いきそう……」

綾乃が言うので、祐二郎が身を起こすと、礼が再び彼を仰向けにさせた。

「では、祐二郎様は茶臼がお好きなので、私から最初に上から入れますね」

礼が言い、彼の股間に跨って先端を陰戸に受け入れていった。

「ああ……、いいわ……」

礼がぬるぬるっと柔肉に呑み込んで喘ぎ、根元まで納めて股間を密着させた。

祐二郎は、肉襞の摩擦と温もり、きつい締め付けに暴発を堪えて奥歯を嚙みしめた。

そして礼は、綾乃が見ている前で腰をくねらせ、何度か上下した。

大量に溢れる淫水が動きを滑らかにさせ、彼の股間まで濡らしてクチュクチュと卑《ひ》猥《わい》に湿った音を立てた。

「祐二郎さん、綾乃様のために我慢して。私はすぐいくから……、アアッ！」

礼は息を弾ませて言い、彼の胸に両手を突いて上体を反らせ、狂おしく腰を動かした。

彼も艶めかしい摩擦に暴発を堪え、股間に礼の重みを受け止めながらじっと息を詰めていた。

「い、いく……、気持ちいい、ああーッ……！」

礼が気を遣って口走り、ガクンガクンと全身を波打たせた。膣内の収縮も高まり、粗相したように淫水が漏れたが、何とか祐二郎は耐えきった。

やがて礼が硬直を解いてガックリと身を重ね、膣内を締め付けながら荒い呼吸を繰り返した。

綾乃も見守りながら、女の凄まじい絶頂に目を見張っていた。

「良かった……」

礼は呼吸を整えると、ノロノロと身を起こし、股間を引き離してゴロリと彼の隣に横たわった。

すると、すぐにも綾乃がにじり寄って祐二郎の股間に跨り、礼の蜜汁にまみれた肉棒を陰戸に受け入れ、ゆっくりと腰を沈み込ませてきた。たちまち濡れた肉棒は、それ以上に淫水にまみれた陰戸に滑らかに呑み込まれていった。

「アアッ……!」

完全に受け入れ、股間を密着させて座り込んだ綾乃が、顔をのけぞらせて喘いだ。

祐二郎も、礼とは微妙に温もりも感触も違う膣内に包み込まれ、きつく締め付けられて暴発を堪えた。こうなれば、とことん綾乃の女としての完成を目の当たりにするため、我慢しなければならないと思った。

綾乃は礼がしたように、上体を起こしたままグリグリと股間をこすりつけるように動かし、やがて身を重ねてきた。

祐二郎も抱き留めて下からしがみつき、僅《わず》かに両膝を立てて股間を突き上げはじめた。

すると、何とも心地良いヌメリと肉襞の摩擦が一物を刺激し、彼は急激に高まってしまった。

「ああ……、気持ちいい……」

綾乃も、もうすっかり挿入の痛みは克服し、自らも激しく腰を使いはじめた。

祐二郎は下から綾乃の唇を求め、柔らかく密着する感触と、甘酸っぱい息の匂いを味わいながら舌をからめた。

「ンン……」

綾乃も彼の舌に吸い付きながら熱く鼻を鳴らし、腰の動きを速めてきた。

すると、横から礼も割り込み、一緒になって舌をからめてきたのである。

祐二郎は、二人分の唇を味わい、混じり合ったかぐわしい息で鼻腔を満たし、やはり混じり合った唾液でうっとりと喉を潤した。

三人が鼻を突き合わせているため、美女たちの息の湿り気に彼の顔中が濡れてくるようだった。

綾乃も礼を邪魔にするわけではなく、舌が触れ合うのも構わず息を弾ませ、熱い蜜汁を漏らし続けた。

「もっと唾を……」

言うと、礼がたっぷりトロトロと滴らせてくれ、綾乃も真似をして垂らしてくれた。

祐二郎は、二人分の生温かく小泡の多い粘液を心ゆくまで味わい、呑み込んでうっとり酔いしれた。

すると礼がヌラヌラと彼の鼻の穴を舐めはじめたので、綾乃も一緒になって同じようにした。さらに顔中にも舌を這わせるので、祐二郎は美女たちの生温かな唾液に顔中まみれて陶然となった。

礼の口は甘い花粉の匂いで、綾乃は甘酸っぱい果実臭だ。それに唾液の匂いも混じり、彼の鼻腔は美女たちの悩ましい芳香に掻き回された。

「い、いく……、アアッ……!」

相手が二人だと、回復も快感も倍だった。ひとたまりもなく祐二郎は絶頂の快感に全身を貫《つらぬ》かれて喘いだ。同時に、ありったけの熱い精汁がドクンドクンと勢いよく柔肉の奥にほとばしった。

「ああ……、熱いわ……、いく、ああーッ……!」

噴出を感じ取ると同時に、綾乃も気を遣って口走り、狂おしく全身を震わせながら膣内を収縮させた。

祐二郎は二人の匂いに包まれながら、心おきなく最後の一滴まで出し尽くし、徐々に動きを弱めて力を抜いていった。すると綾乃も大波を乗り越えたように、肌の強ばりを解いてグッタリと体重を預けてきた。

「アア……、今までで、一番良かった……」

綾乃が、息を震わせながら弱々しく言い、思い出したようにビクッと肌を震わせ、まだ入ったままの一物をきつく締め付けてきた。

「気持ち良かったでしょう。これからは、いつもこのような心地になれますからね」

礼が囁き、綾乃も小さく頷きながら遠慮なく彼にもたれかかっていた。

祐二郎も内部でピクンと幹を震わせ、二人のかぐわしい吐息を間近に嗅ぎながら、うっとりと快感の余韻を噛み締めたのだった。

三

「ねえ、出して欲しい……」

井戸端の簀《す》の子《こ》に座り、祐二郎がせがむと、礼はすぐに察したようだった。

三人は、全裸のまま裏の井戸端に来て、身体を洗い終えたところである。

「何を出すの……」

「こうして、祐二郎さんの肩を跨いで」

綾乃が訊き、礼は答えながら指示した。やがて座り込んでいる祐二郎の両肩に、礼と綾乃が跨り、顔に股間を突き出してきた。彼も、それぞれの内腿を抱え込み、その温もりを味わいながら期待に胸を弾ませた。

「さあ、ゆばりを放ってくださいませ。私もしますので」

「まあ！　そんなことを……」

「綾乃様の旦那様になる方に申し訳ないですが、何より女は、相手の喜ぶことを、自らの喜びにするのが一番なのですよ」

「でも、ゆばりなど……」

「これを好む殿方も多いのです」

礼が言って下腹に力を入れはじめると、綾乃も後れを取るまいと、慌てて尿意を高めたようだ。まだ礼の淫法は効いており、綾乃はすっかり何でも言いなりだった。

祐二郎が左右の陰戸を見ると、それぞれに割れ目内部の柔肉が迫《せ》り出すように艶《なま》めかしく蠢いていた。

洗ったので匂いは薄れてしまったが、それでも二人の陰戸からは新たな蜜汁がヌラヌラと溢れているようだ。

「あ……、出ます……」

先に礼が言い、チョロチョロと放尿をはじめた。

温かな流れが彼の頬に降り注ぎ、ほのかな匂いを漂《ただよ》わせながら首筋から胸を心地良く伝い流れていった。

すると間もなく、綾乃の陰戸からもポタポタと雫《しずく》が滴《したた》り、やがて一条の流れとなった。

「アア……、恥ずかしい……」

綾乃は喘ぎながら、ゆるゆるとゆばりを放ち、祐二郎の顔を濡らしてきた。

彼は微妙に香りの違う流れに舌を伸ばして受け止め、喉に流し込んだ。どちらの味も匂いも淡く上品で、何の抵抗もなく飲むことが出来た。

しかも綾乃は、いったん出してしまうと激しい勢いで注ぎ、それが祐二郎を激しく興奮させた。

やがて彼は美女たちの温もりと匂いに包まれ、それぞれの流れを味わった。

礼の流れが治まり、少し遅れて綾乃も放尿を終えた。あとはポタポタと雫の滴る陰戸を舐め、彼は二人の余りをすすった。

「ああ……、またいきそう……」

綾乃が、興奮に息を弾ませて言った。

「今日は、もう交接で気を遣ったので、終わりにした方がいいですね。もう一度いくと、帰れなくなってしまいますよ」

礼が言うと、綾乃も我に返ったように頷いた。気がつけば、日もだいぶ西へ傾いているのだった。

三人は、もう一度水を浴びて股間を洗い流し、身体を拭いて部屋へと戻った。

「では、私は綾乃様をお送りしますからね」

「分かりました。では私もこれにて失礼しますので、途中までご一緒に」

身繕いをして言い、祐二郎は大小を帯びた。

そして三人で玄庵の屋敷を出て、境内《けいだい》を横切って分かれ道まで歩いた。

すると、そこへ頭巾《ずきん》をかぶった二人の武士が現われたのである。

人けもない寂しい道で、二人は抜刀し、無言で斬りかかってきた。

「島村様に塩見様。莫迦《ばか》な真似はお止《よ》しなさい。お家に傷が付きますよ」

礼が、すでに二人の正体も名も把握して言ったが、二人は遮二無二《しやにむに》斬りかかってきたのである。

どうやら鬱憤《うつぷん》も最高潮になり、ここで祐二郎を殺《あや》めなければ自分たちに幸せは来ないとまで思い詰めているようだ。

祐二郎も、二人の殺気が本物であることを察し、綾乃を庇《かば》って前に出ようとした。

すると、後ろに回った周三が、いち早く綾乃を羽交《はが》い締めにし、その喉元に切っ先を突きつけたのである。

祐二郎が慌てて駆け寄ろうとしたそこへ、重吾が鋭い勢いで斬りかかってきた。

「く……！」

祐二郎は左の二の腕に痛みを覚えて呻いたが、そこへ礼が躍りかかった。

彼女は、祐二郎の大刀を抜くなり重吾の小手に斬りつけ、返す刀で頭巾を裂いていた。

「うわ……」

重吾が素顔を現わして声を上げ、両断された頭巾がはらりと落ちると同時に、彼の髷《まげ》もぽとりと落ちた。彼は右小手を押さえ、刀を取り落として蹲《うずくま》った。

「この女がどうなっても良いのか！」

周三が言ったが、振り返った礼は、素速く口から何かを吐き出した。それは一直線に周三の目を潰した。

あとで聞くと、それは胃酸の混じった吐瀉物《としゃぶつ》で、筒状に丸めた舌から粘液の固まりが吹き矢のように飛んだのである。

「ぐむ……！」

目を潰された周三が怯《ひる》んだ隙に、礼は駆け寄ってその顎《あご》を蹴上げた。祐二郎が綾乃を奪い返すと、礼は周三の頭巾と髷も切って落としていた。やはり、命を狙《ねら》われたとはいえ旗本を斬って捨てるのはまずいと思ったのだろう。

「祐二郎さん……」

綾乃が、袖の裏地を裂いて、彼の左腕を縛ってくれた。

「済みません。大丈夫です。私は何も出来なくて不甲斐《ふがい》ない。礼さんにお礼を言います」

祐二郎は礼に言い、礼も懐紙で拭った刀を返してきた。

と、そこへ藩邸からの帰り道らしい玄庵が通りかかったのだ。

「どうした！」

玄庵が駆け寄り、祐二郎の傷を診《み》てくれた。

「ああ、大したことはない。ろくに手入れもしていない鈍刀《なまくら》だろう。でもうちへ行って治療しよう。礼、では綾乃さんを頼む」

玄庵は言い、ノロノロと助け合いながら起き上がった重吾と周三の前に立ちはだかって怒鳴った。

「家へ戻り謹慎しておれ！　追って沙汰《さた》が出るだろう。覚悟しておけよ！」

言うと、二人は震えながら刀を納め、肩を貸し合いながら足早に逃げ去っていった。

「祐二郎さん、どうかお大事に」

綾乃が言い、やがて礼と一緒に帰っていった。

祐二郎は腕を押さえながら、もう一度玄庵の家に戻り、傷薬を塗ってもらった。そして晒《さら》しを巻いてもらい、礼を言って辞した。

まあ、実際かすり傷だったようで、家に言うほどのこともないだろう。

やがて祐二郎は帰宅し、何も言わず両親と兄夫婦に挨拶だけして離れへ行き、夕餉《ゆうげ》の刻限まで休んだのだった。

四

「みんな出払ってしまったなあ」

翌日の昼過ぎ、祐二郎は小鮎に言った。

今日は学問所だけ行って弁当を食い、腕の傷もあるので道場へは行かず、そのまま帰宅してきたのである。

「ええ、大旦那様も大奥様も、旦那様も若奥様も、みんな料亭へお呼ばれのようです。滝田様って、相当にお偉い方なのでしょう?」

小鮎が離れに来て、着物を脱いだ彼の左腕の晒しを替えてくれながら言った。

むろん斬られたとは言わず、学問所の書庫で壁から出ている古釘に引っ掛けたと言っておいた。実際、その程度の傷なのである。

今日は祐二郎を除く一家総出で、滝田義行の招きで会食に出向いていた。

どうやら、いよいよ婿《むこ》入りの話も具体化してしまうことだろう。むろん願ってもないどころか、夢のような話である。

義行も家柄よりは、綾乃本人の気に入った相手をという理解を見せ、今日は色々と祐二郎抜きで今後の話などを取り決めるようだった。

本決まりになれば、これから忙しくなる。書院番頭としての職務を学ばなければならないし、滝田家の家来衆にも優秀な人材はいるだろうから、それらの風当たりにも対応してゆかねばならない。

「ああ、旗本の中では最高の位だ」

「そのお屋敷へ、祐二郎様はお婿に入られるのですか?」

「そうなるかもしれない。小鮎には済まないことをした。初物をもらっておいて、私はお前に何もしてやれない」

「そんな……!」

彼が言うと、小鮎は驚いて答えた。

「私は、祐二郎様にどのようにされようとも嫌じゃありません。今こうしているだけでも幸せですから」

「ああ、可愛い……」

美少女の健気《けなげ》な言葉に、祐二郎は抱きすくめて乳臭い髪に顔を埋めた。

「あん……、お怪我に障《さわ》ります……」

「こんなのはかすり傷だ。どうせ夕刻まで誰も帰ってこないから、全部脱ごう」

祐二郎は言っていったん離し、自分も全て脱ぎ去り全裸になった。

すると小鮎もモジモジと帯を解き、着物も腰巻も脱いでくれた。彼女も、自慰《じい》を覚えてからというもの淫気が高まりやすく、自分でするより祐二郎とした方がずっと心地良いことを知っている。

やがて彼女が一糸まとわぬ姿になると、祐二郎は並んで添い寝し、腕枕してもらった。

相手が年下でも、どうにもこの体勢が一番好きなのである。

「小鮎は、いつも良い匂いがするな」

「は、恥ずかしい……、汗臭いだけです……」

彼女は言い、腕を縮めて羞じらった。その腕を差し上げさせ、彼は腋の下に顔を埋め込んだ。

生ぬるく汗ばんだ腋に鼻を押しつけ、和毛にくすぐられながら、彼は甘ったるい体臭を胸いっぱいに嗅いだ。美少女の濃厚な汗の匂いは、彼の胸の奥まで溶かしそうに心地良かった。

そして祐二郎は桜色の乳首を含んで吸い、顔中を柔らかな膨らみに押しつけて感触を味わいながら、チロチロと舌で転がした。もう片方の乳首も指で弄《もてあそ》び、やがてのしかかるようにして左右とも充分に舐め回した。

「ああン……」

小鮎は熱く喘ぎ、甘ったるい汗の匂いに混じり、甘酸っぱい息の匂いも漂って彼の鼻腔をくすぐってきた。祐二郎は首筋を舐め上げ、美少女の口に鼻を押しつけた。

「もっと口を開けて」

「あ……」

言うと、小鮎は素直に前歯を開いた。口の中には、さらに濃厚な果実臭が生温かく籠もり、祐二郎は何度も深呼吸して美少女の息で胸を満たした。

「なんて可愛い匂い……」

「い、いや……、恥ずかしいです……」

小鮎は困ったように言ったが、やがて唇を重ねると、彼女も睫《まつげ》毛を伏せて舌をからませてきた。

祐二郎は、美少女の柔らかく滑らかな舌を味わい、生温かな唾液のヌメリを執拗《しつよう》にすすった。そして可愛い歯並びから引き締まった歯茎《にぐき》も舐め回し、唾液と吐息にすっかり酔いしれて勃起した。

やがて髪の匂いを嗅いで耳を吸い、また肌を舐め下りて乳首を通過し、愛らしい臍《へそ》を舐め、張り詰めた下腹から腰へと移動していった。

むっちりとした太腿を舐め下り、滑らかな脛《すね》から足裏まで行くと、さすがに小鮎も淫気のみならず、武家への畏《おそ》れ多さが否応なく湧くようだった。

「あう……、どうか、そこは……」

「じっとしていて」

小鮎がむずかるように言うのを制し、祐二郎は足裏を舐め回し、指の股に鼻を押しつけて嗅いだ。今日も目いっぱい立ち働いていた彼女の指の股は、汗と脂に湿って蒸れた芳香を籠もらせていた。

両足とも存分に匂いを貪ってから、爪先にしゃぶり付き、念入りに全ての指の股に舌を割り込ませて味わった。

「アア……」

小鮎は上気した顔をのけぞらせて喘ぎ、彼の口の中で唾液にまみれた爪先を縮めた。

祐二郎は、舐め尽くしてから彼女の脚の内側を舐め上げて腹這い、蒸れた熱気を籠もらせている股間へと顔を進めていった。

「もっと脚を開いて、力を抜いて」

「あ、あの、私ゆうべもお風呂に入っていないので……」

「いいよ、小鮎の匂いは大好きだから」

「ああん……」

声を洩らす小鮎の両膝を全開にさせ、祐二郎は美少女の陰戸に迫った。

すでに割れ目からはみ出した陰唇は興奮で淡紅色に色づき、内から溢れる蜜汁にヌメヌメと潤っていた。

「舐めてって言ってみて」

「ああッ……、そ、そんなこと……」

股間から言うと、小鮎が驚いて声を上げ、パッと両手で顔を覆ってしまった。

「そらそら、こんなに濡れているのだから、早く舐めて欲しいだろう?」

言いながら、祐二郎は指で陰唇の内側を撫で、膣口周辺を擦《こす》るようにいじった。

「アアッ……、駄目、気持ちいい……、お願い、な、舐めて……」

小鮎は朦朧となりながら口走り、自分の言葉に反応してトロリと新たな蜜汁を溢れさせた。

祐二郎も、吸い寄せられるように小鮎の中心部に顔を埋め込んでいった。柔らかな若草に鼻をこすりつけ、汗とゆばりの混じった芳香を嗅ぎながら舌を這わせた。

「いい匂い」

「う、嘘です。そんなはずは……、あう！」

オサネを舐められて、小鮎がビクッと身を反らせて呻いた。

祐二郎は何度も恥毛に籠もった体臭を貪り、淡い酸味の蜜をすすりながら膣口とオサネを何度も舐め回した。

さらに脚を浮かせ、襁褓《むつき》でも替えるような格好をさせ、突き出された白く丸い尻に顔を埋め込んだ。ひんやりした双丘に顔を密着させ、谷間に閉じられた桃色の蕾に鼻を押しつけると、やはり今日も秘めやかな微香が、悩ましく胸を刺激してきた。

舌先でくすぐるように舐めると、

「ああッ……、駄目、汚いです……」

小鮎はか細く声を震わせ、ヒクヒクと襞を震わせた。

祐二郎は充分に舐めて濡らしてから、舌先を美少女の肛門に潜り込ませ、ヌルッとした滑らかな粘膜も味わった。

「く……！」

小鮎は息を詰めて呻き、モグモグと肛門で彼の舌先を締め付けてきた。

祐二郎は充分に味わってから舌を引き抜き、再び陰戸に戻り、あらためて恥毛に籠もった匂いを嗅ぎ、新たな蜜汁をすすった。

小鮎は、今にも気を遣りそうなほどガクガクと腰を跳ね上げていた。

しかし昇り詰める前に顔を引き離し、祐二郎は彼女に添い寝していった。

「して……」

仰向けになって言い、彼女の顔を押しやり、まずは乳首を舐めてもらった。

「噛んで、強く……」

せがむと、小鮎もキュッと可愛い歯で乳首を噛んでくれ、彼は甘美な刺激が得られた。

左右の乳首を愛撫してもらい、さらに股間まで舐めてもらった。そして大股開きになった真ん中に彼女を入れると、小鮎は自分から屈み込み、先端に舌を這わせ、鈴口から滲む粘液を舐め取ってくれた。

「ああ……」

今度は祐二郎が喘ぐ番で、彼は美少女の愛撫に身を委《ゆだ》ねた。

小鮎は亀頭をしゃぶってから口を離し、幹を舐め下りて、ふぐりにも舌を這わせてくれた。二つの睾丸を舌で転がし、袋全体を生温かく清らかな唾液にまみれさせた。

さらに脚を浮かせてくるので、

「いいよ、そこは……」

祐二郎は遠慮して言った。

「いいえ、いけません。私もして頂いたのですから……」

しかし小鮎は答え、チロチロと彼の肛門を舐め回し、ヌルッと押し込んできた。

「く……」

彼は美少女の舌を肛門で締め付けて呻き、何とも贅沢な快感に酔いしれた。

小鮎は充分に舌を蠢かせてから、彼の脚を下ろして舌を引き離し、再び肉棒にしゃぶりついてきた。

今度は喉の奥まで深々と呑み込み、口の中でチロチロと舌を蠢かせ、頬をすぼめて吸い付き、熱い鼻息で恥毛をそよがせた。たちまち肉棒は美少女の清らかな唾液にまみれ、ヒクヒクと震えて絶頂を迫らせた。

「いいよ、もう……」

果ててしまう前に、祐二郎は言って彼女の手を引っ張った。

小鮎も素直に口を離し、導かれるまま恐る恐る彼の股間に跨ってきた。

唾液に濡れた先端を膣口に押し当て、息を詰めてゆっくり腰を沈ませると、張り詰めた亀頭がヌルッと潜り込んでいった。

「アアッ……！」

小鮎は顔をのけぞらせて喘ぎ、あとは自分の重みとヌメリに助けられながら、ヌルヌルッと根元まで受け入れ、彼の股間にぺたりと座り込んできた。

祐二郎も心地良い肉襞の摩擦と締め付けに高まりながら、股間に美少女の重みと温もりを受け止めた。

そして彼女を抱き寄せ、ズンズンと小刻みに股間を突き動かしはじめた。

「あうう……、き、気持ちいいです……」

小鮎が息を詰めて呻きながら言った。溢れる淫水が、たちまち動きを滑らかにさせ、ピチャクチャと湿った音も聞こえてきた。

祐二郎も快感に高まり、美少女のかぐわしい口に鼻を押し込んで嗅ぎながら、動きを速めていった。

「ああ……」

小鮎も熱く喘ぎ、甘酸っぱい息を好きなだけ嗅がせてくれながら、舌先で彼の鼻の穴をペロペロと舐めてくれた。

「い、いく……、アアッ……！」

たちまち祐二郎は絶頂の快感に全身を貫かれ、口走りながら熱い精汁を勢いよく内部にほとばしらせた。

「あ、熱いわ……、ああーッ……！」

噴出を受けた小鮎も、続いて激しく気を遣り、狂おしくガクンガクンと全身を波打たせて悶えた。

祐二郎は、収縮する膣内に心ゆくまで射精し、やがて満足げに動きを弱めていった。

小鮎も徐々に全身の硬直を解きながらグッタリともたれかかり、彼は美少女の熱い息を嗅ぎながら快感の余韻を嚙み締めたのだった。

五

「父上母上も、旦那様も、大層喜んでいました」

夜半、雪絵が祐二郎の離れへ忍んできて言った。

みな、料亭で義行にご馳走になり、良い気分で帰宅すると、すぐ酔いが回って寝てしまったようだ。

最初は山葉家の家族の誰も、もちろん相手の位の高さに恐縮と戸惑いの方が大きかったようだが、義行の気さくな人柄もあり、祐二郎の両親も兄も、みな願ってもない話だと全面的に乗り気になっていた。

その義行の性格も、玄庵の影響が大きいのだろう。

裸になれば身分など無い、みな同じという玄庵の考えは、徐々に旗本の上層部にも共感者が出てきつつあるのかも知れない。

「そうですか。ではいよいよですね……」

「先方は、次の吉日にも、という様子でした」

「それは急です」

「ですから、少しでも多くして頂きませんと」

雪絵は、会食の報告を終えて本題に入り、寝巻を脱ぎ去っていった。

もちろん祐二郎も脱いで全裸になり、兄嫁と布団にもつれ合って横たわった。

唇が重なり、柔らかな感触と唾液の湿り気が彼の口に伝わってきた。

兄嫁の吐き出す白粉臭の息も、今宵はいつになく濃厚で、酒の香気もほんのり混じっていた。

祐二郎は執拗に舌をからめ、雪絵の生温かくトロリとした唾液をすすり、心地良く喉を潤した。そして美女の唾液と吐息を心ゆくまで味わってから、耳朶を吸ったり噛んだりし、耳の穴に舌を入れた。

「アア……」

雪絵が喘ぎ、彼は白い首筋を舐め降り、色づいた乳首に吸い付いていった。

舌で転がし、もう片方を弄び、腋の下にも顔を埋め込み、腋毛に籠もる甘ったるく濃い汗の匂いに酔いしれた。

そして、さらに熟れ肌を下降しようとすると、

「待って、私も……」

彼女が言い、祐二郎を仰向けにさせて自分が身を起こし、彼の股間へと顔を移動させていった。

横座りになって屈み込み、小指を立てて幹を握り、何とも優雅な体勢でそっと先端にしゃぶりついてきた。

「アア……」

祐二郎は快感に喘ぎ、滑らかな舌の蠢きとともに腰をくねらせた。

股間には兄嫁の息が熱く籠もり、亀頭がくわえられ、さらに喉の奥まで呑み込んで吸い付かれた。彼自身は、クチュクチュと彼女の舌に翻弄されて生温かな唾液にどっぷりと浸り込んだ。

「ンン……」

雪絵は熱く鼻を鳴らしてはモグモグと唇で締め付けて吸い、スポンと口を離すと、ふぐりにまでしゃぶりついてきた。

「あ、義姉上《あね》……、もう……」

警告を発すると、雪絵もすぐに口を離して添い寝してきた。

「上になって……」

彼女が身を投げ出して言い、祐二郎も身を起こした。そして、やはり味わっておかねばならない足の指を嗅ぎ、爪先をしゃぶった。

「アア……、そんなこと、しなくていいのよ……」

雪絵は焦れたように言ったが、祐二郎は充分に堪能してから彼女の股間に顔を埋め込んでいった。黒々と艶のある茂みに鼻をこすりつけ、隅々に籠もった汗とゆばりの匂いを嗅ぎ、舌を這わせていった。

淡い酸味のヌメリの満ちた膣口を舐め、襞を掻き回し、突き立ったオサネまで舐め上げていった。

「あう……、き、気持ちいい……」

雪絵が身を弓なりに反らせて呻き、内腿でムッチリと彼の顔を締め付けた。

祐二郎は彼女の腰を浮かせ、白く豊満な尻に顔中を押しつけ、秘めやかな微香を籠もらせる蕾に鼻を埋め込んだ。

舌を這わせて震える襞をくすぐり、内部にも潜り込ませて滑らかな粘膜を味わった。

そして充分に舌を蠢かせてから引き抜き、左手の人差し指を肛門に浅く入れ、右手の二本の指を膣口に挿し入れて小刻みに擦り、さらにオサネを吸った。

「ああ……、いいわ……、いきそう……、早く入れて……」

雪絵が声を上ずらせて言い、大量の淫水をトロトロと漏らしてきた。

祐二郎は前後の穴を刺激し、オサネを舐め回しながら、双方がすっかり高まった頃合いと見た。

それぞれの穴からヌルッと指を引き抜き、舌を引っ込めて身を起こしていった。

本手（正常位）で股間を進め、幹に指を添えて先端を濡れた陰戸にこすりつけた。

「アア……」

雪絵が、早くも期待に喘ぎ、膣口を息づかせた。

やがて祐二郎は位置を定め、ゆっくりと挿入していった。大量のヌメリで一物は滑らかに根元まで吸い込まれてゆき、彼は股間を密着させた。

温もりと感触を味わいながら、何度かズンズンと股間をぶつけるように律動させると、彼女も締め付けて応えてきた。

そして雪絵が両手を伸ばしてきたので、祐二郎も脚を伸ばして身を重ねていった。

彼女が抱き留め、祐二郎も熟れ肌に身を預け、胸で豊かな乳房を押しつぶして弾力を味わった。

「突いて、奥まで強く……」

雪絵が熱く囁き、ズンズンと股間を突き上げてきた。

溢れる蜜汁に彼のふぐりまでがヌメリ、祐二郎も突き上げに合わせて腰を突き動かしていった。

「ああッ……、奥まで響くわ……、いきそう……」

彼女が喘ぎ、祐二郎も激しく高まって律動を速めていった。膣内は歓喜に収縮し、きつく締め付けては新たなヌメリを湧き出させ、次第に雪絵が身をのけぞらせてガクガクと痙攣《けいれん》をはじめた。

祐二郎は唇を重ね、熱く甘い息を嗅ぎながら舌を差し入れ、ネットリと舌をからめながら律動を続けた。互いの接点からピチャクチャと湿った摩擦音が聞こえ、それに合わせて彼女の息遣いも荒くなっていった。

「い、いく……、気持ちいい……、アアーッ……！」

雪絵が声を上ずらせ、とうとう激しく気を遣った。彼を乗せたままガクンガクンと腰を跳ね上げ、祐二郎は必死にしがみつきながら、続いて昇り詰めていった。

「く……、義姉上……！」

突き上がる大きな快感に口走り、股間をぶつけるように激しく突き動かした。

同時に、ありったけの熱い精汁が勢いよく内部にほとばしり、彼女の奥深い部分を直撃した。

「あうう……、熱い、もっと……！」

噴出を受け止め、駄目押しの快感を得た雪絵が呻き、飲み込むようにキュッキュッと膣内を収縮させた。

祐二郎は出し切ってからも、勃起が続いている限り律動を続けた。

すると、先に彼女の方がぐったりと身を投げ出し、熟《う》れ肌の強ばりを解いていった。

彼も徐々に動きを弱め、兄嫁に体重をかけてもたれかかった。

「気持ち良かった……、まだ奥が熱いわ……」

雪絵が満足げに、荒い呼吸を繰り返して言った。

祐二郎も重なったまま、兄嫁の熱く甘い息を嗅ぎながら余韻を味わい、まだ収縮する膣内で幹をピクンと跳ね上げた。

「アア……、まだ暴れているわ……」

雪絵が喘ぎ、押さえつけるようにキュッときつく締め上げてきた。

「今度こそ、命中すると良いのだけれど……、いいえ、すでにもう孕《はら》んでいるのが一番いいわ……」

雪絵が、呼吸を整えながら呟くように言った。

「あまり間が空くといけないので、そろそろまた兄上と情交しておいた方が良いのではありませんか……」

「もちろん、出来そうなときには誘いをかけることにします……」

彼女は答え、潜り込んだままの一物を再び締め付けてきた。

「何としても、綾乃さんより先に孕まなければ……」

雪絵は、自分に言い聞かせるように呟《つぶや》いた。今はとにかく、一日も早く孕むことだけが彼女の目標なのだった。

「もう一度出来るかしら……」

雪絵が、目をキラキラさせて彼を見上げながら囁いた。

「え、ええ……、今度は義姉上が上になって下されば……」

「いいわ、何でもしてあげる」

彼女が言い、その言葉に祐二郎もムラムラと淫気が甦《よみがえ》ってきてしまった。

やがて彼は股間を引き離し、処理もせずに仰向けになると、雪絵も入れ替わりに身を起こしてきた。

「さあ、何でも仰《おっしゃ》い。どこを舐めたり噛んだりして欲しいの？」

雪絵が妖しい眼差しで、近々と彼を見下ろして囁き、胸や腹を撫で回してきた。

祐二郎も、すっかり回復しながら兄嫁にしがみつき、まずは唇を求め、唾液と吐息を吸収しはじめたのだった……。

第六章　快楽と幸福の道は遠く

一

「綾乃を守ってもらい、忝《かたじけ》なく思う。怪我の方は大丈夫か」

義行が、また学問所に顔を見せ、祐二郎を別室に呼んで言った。

「は、大事ございません。ご心配有難《ありがと》う存じます」

「あの二人にも、追って切腹の沙汰《さた》が出よう」

「あ、いや、その儀は何卒《なにとぞ》……」

「なに、助命を望むのか」

祐二郎の言葉に、義行が目を丸くした。

「聞けば、日頃から道場でおぬしを苛《いじ》め、無体な行ないの数々をしてきたようだが」

「それも、旗本や御家人の次男三男が役職に就《つ》けず、養子の口も少なく、力を持て余しているからにございます」

「なるほど、御家人の次男であるおぬしには、その気持ちが分かるというのか」

「むろん狼藉《ろうぜき》する気持ちまでは分かりませんが、此度《こたび》のことでずいぶん反省したと思うのです。あるいは寄せ場であれば、役職があるのではと」

「ふむ……、築地の埋め立てや、治水の堤防工事か。確かに、そちらは人が少ない」

義行も、彼の言葉に腕を組んで考えた。

祐二郎は、もちろん自分も苦手な力仕事に、あの二人を廻そうというのではない。差配《さはい》しながら、たまに手伝う程度なら、大変だろうが責任も伴い、何より役職が与えられる喜びがあろう。

「あい分かった。そのように進言してみよう」

義行は言い、話を本題に戻した。

「ときに過日、おぬしの両親と兄夫婦に会った」

「はい、その節はお世話になりました」

「次の吉日に結納《ゆいのう》、ということで良いな」

「本当に、私などでよろしいのでございましょうか……」

「すでに、綾乃の心はおぬしだけに向いている。儂《わし》からも頼む」

「滅相《めっそう》も……、承知いたしましてございます……」

義行に頭を下げられ、祐二郎も慌てて平伏した。

「では、綾乃を頼んだぞ」

彼は言って立ち上がり、部屋を出ると、祐二郎をはじめ他のものにも見送られて学問所を去っていった。

ほっと一息つき、祐二郎も学問所を出て、小川町の玄庵宅へ行った。

すると、また玄庵は不在で、礼だけが居た。

「何か、先生にご相談でしたか」

礼が部屋に上げてくれ、彼の傷を診《み》てくれながら言った。もうかすり傷も癒《い》え、晒《さら》しも不要になったようだ。

「ええ、このまま逆の玉の輿《こし》で良いものかどうか……」

祐二郎は、諸肌《もろはだ》脱いだまま答えた。すぐ身繕《みづくろ》いしないのは、やはり礼への淫気が湧いてきたからだ。

「そうではございませんでしょう?」

「え……?」

「養子に行くことは申し分ないはず。ただ、もっと多くの女を抱きたいだけでしょう」

「う……」

図星を指され、祐二郎が絶句すると、礼は楽しげに笑った。

「出来ますでしょう。職務で忙しくはなっても、その合間にいくらでも」

「そうでしょうか」

祐二郎も否定せず、身を乗り出して訊いた。

「綾乃さんも、私と三人でするぐらい淫気も好奇心も旺盛ですので、さらに上手になっていきます。私と三人ならいつでも応じますので。それ以外は、やはり分からないよう行なうべきでしょうね」

他の女とすること自体、悪いことではないという礼の意見には、ずいぶん祐二郎も勇気づけられたものだった。

「分かりました。では婿《むこ》に入ったからといって、綾乃様一筋にならなくても良いのですね……？」

「男とは、そうしたものでしょう」

「快楽とは、男と女とは、何なのでしょうね……」

祐二郎は、勃起しながらぽつりと言った。

「それは、玄庵先生のお歳になっても、分からないことだと思いますよ。それより、どうぞ下帯もお取りになって」

礼は手早く床を敷き延べ、彼の淫気を見透かして言った。

「私は、誰が一番好きなのか分からないのです。強《し》いて言うならば、目の前にいる女が一番好きです」

「それも、男だからです。相手を傷つけさえしなければ、それで良いでしょう」

礼は言い、着物を脱ぎ去った。

「さあ、どうされたいの？」

「足から……」

訊かれて、祐二郎は布団に仰向けになって答えた。

「いいわ」

礼は言い、一糸まとわぬ姿で立ち上がり、足を浮かせて彼の顔を踏んでくれた。

こうした行為も、綾乃は徐々に出来るようになってくれるだろう。ただ、妻となり同じ屋根の下に暮らすとなると、距離が狭まりすぎて、愛着は湧いても淫気は薄れるかも知れない。

まあ、養子先がないのを嘆《なげ》いていたのだから、これは贅沢な悩みだった。

とにかく祐二郎は礼の足裏を舐《な》め、指の股に籠《こ》もったムレムレの湿り気を嗅ぎ、爪《つま》先《さき》にしゃぶりついていった。

さすがに素破《すっぱ》の礼は、片方の足を上げてもよろけることなく、やがて彼が舐め尽くすと自分から足を替えてくれた。

祐二郎も新鮮な味と匂いを貪《むさぼ》り、やがて彼女を跨《また》がらせ、顔にしゃがみ込んでもらった。

脹《ふく》ら脛《はぎ》も内腿もむっちりと張りつめ、割れ目からはみ出す桃色の花びらが、しっとりと露《つゆ》を宿し、股間全体に熱気と湿り気を籠もらせていた。

腰を抱き寄せ、柔らかな茂みに鼻を埋め込むと、汗とゆばりの匂いが今日も馥郁《ふくいく》と入り混じり、彼の鼻腔を悩ましく掻き回してきた。

舌を這わせると、すぐにも淡い酸味の蜜汁《みつじゅう》が溢れはじめた。

祐二郎は味わいながらオサネを舐め、礼の体臭に酔いしれた。

もちろん尻の真下にも潜り込み、可憐《かれん》な蕾《つぼみ》に籠もる秘めやかな匂いを嗅ぎ、顔中に双丘の丸みを感じながら舌を這い回らせた。

「く……」

ヌルッと舌先を潜り込ませ、滑らかな粘膜を味わうと、礼が息を詰めて呻き、肛門でモグモグと締め付けてきた。

充分に味わってから再び陰戸《ほと》に舌を戻し、新たな淫蜜をすすり、オサネを舐め回すと、礼が自分から股間を離して移動した。

大股開きになった彼の股間に陣取り、礼は屈み込んで先端を舐めはじめた。

「ああ……」

祐二郎は、美女の熱い息に股間をくすぐられながら快感に喘《あえ》いだ。

礼も滑らかに舌を這わせ、幹を舐め下りてふぐりにもしゃぶり付き、睾丸を転がしてから、さらに肛門も舐めてくれた。

「あう……、気持ちいい……」

ヌルッと舌先が侵入すると、祐二郎は思わず口走り、キュッと美女の舌を肛門で締め付けた。彼女も長い舌を奥まで押し込んで蠢《うごめ》かせ、やがて引き抜くと、もう一度念入りに肉棒をしゃぶり、優しく吸ってくれた。

充分に高まると、彼は礼の手を引いて茶臼《ちゃうす》(女上位)で跨らせた。

彼女も先端を膣口に受け入れ、ぬるぬるっと滑らかに柔肉に呑み込みながら股間を密着させてきた。

「アア……」

祐二郎は熱く濡れた膣内に締め付けられ、股間に美女の重みと温もりを受けて喘いだ。

礼は何度かグリグリと股間をこすりつけてから身を重ね、彼も顔を上げて左右の乳首を吸った。

コリコリと硬くなった乳首を舌で転がし、肌の匂いを嗅ぎ、さらに腋の下にも顔を埋め込み、腋毛に鼻をこすりつけ、濃厚に甘ったるい汗の匂いに噎《む》せ返った。

「ああ……、いい気持ち……」

礼が、腰を使いながら喘いだ。溢れる淫水に、動きはたちまち滑らかになり、湿った摩擦音も聞こえてきた。

祐二郎も下からしがみついて股間を突き上げ、彼女の首筋を舐め上げて唇を求めた。

礼もピッタリと唇を重ねてくれ、熱い花粉臭の息を弾ませながら執拗《しつよう》に舌をからみつかせてきた。

彼は美女の唾液と吐息に酔いしれ、ジワジワと絶頂を迫らせながら囁《ささや》いた。

「あの二人と戦ったとき、胃の腑《ふ》のたぐりを飛ばしたが、それを私も受けたい……」

「それはなりません。唾で我慢してくださいね」

さすがに礼は断わり、トロトロと生温かく小泡の多い唾液を、大量に口移しに注いできてくれた。

祐二郎も諦め、美女の唾液を受け止めながら心ゆくまで味わった。そして飲み込み、うっとりしながら何度も喉を潤した。

「い、いく……！　アアッ……！」

たちまち祐二郎は快感の怒濤《どとう》に巻き込まれ、熱く口走りながらドクドクと勢いよく礼の中に精汁をほとばしらせた。

「あうう……、いく……！」

噴出を感じ取った礼も、合わせて気を遣《や》り、口走りながら狂おしく身をくねらせ、膣内の収縮を最高潮にさせてくれた。

やがて祐二郎は満足げに全て出し切り、グッタリと力を抜いた。そして礼の甘い息を嗅ぎながら、うっとりと快感の余韻を噛み締めたのだった。

二

「みな出払っているのかな」

帰宅すると、誰もいないので祐二郎は小鮎に訊いた。

「ええ、結納のためのお買い物と、それから大奥様の実家にも報告を」

小鮎も訊いているらしく、みな夕刻まで帰ってこないようだ。それなら、と祐二郎はすぐにも小鮎に淫気を催してしまった。

何しろ、礼の言葉では今後とも自由で良いということだが、最初からそうそう他の女と情交ばかり出来るわけもない。

それに小鮎も、そのうち嫁に行ってしまうことだろう。

そう思うと少しでも多く抱いておきたくなり、祐二郎は離れに彼女を誘った。

「今も、自分で手すさびをするのかな」

「え、ええ……」

大小を置いて着流しになり、床を敷き延べて訊くと、小鮎もモジモジと俯《うつむ》きながら小さく答えた。やはりこの美少女の淫気は旺盛で、知るごとにさらに大きな快楽を求めてしまうようだった。

「じゃ、舐めてあげるから脱いで」

祐二郎は、自分も着物と下帯まで脱ぎ去っていった。

「あん、恥ずかしいです……」

露骨《ろこつ》に言われ、小鮎は真っ赤になりながらも帯を解き、息を弾ませて着物を脱ぎはじめた。

たちまち彼女も一糸まとわぬ姿になり、祐二郎は彼女を仰向けにさせた。

そして例によって足裏から舐めはじめ、指の股の汗と脂の湿り気を舐め回し、蒸れた匂いを味わった。

「アアッ……！　祐二郎様……」

小鮎は熱く喘ぎ、クネクネと腰をよじらせた。

すでに祐二郎は下級の御家人ではなく、最上級の旗本になることが決定しているから、小鮎の畏《おそ》れ多さも倍加しているようだった。

彼は両足とも貪り、腹這いになって美少女の股間に顔を進めていった。

大股開きにさせ、白くむっちりとした内腿を舐めると、早くも小鮎はヒクヒクと下腹を波打たせて喘ぎ、割れ目からはみ出した可愛い陰唇をネットリとした蜜汁で彩りはじめていた。

祐二郎は割れ目に舌を這わせ、柔らかな若草に鼻をこすりつけて嗅いだ。

今日も生ぬるい汗とゆばりの混じった匂いが籠もり、その刺激が彼の一物にまで響いてきた。

淡い酸味をすすり、膣口からオサネまで舐め上げていくと、

「ああン……、き、気持ちいいッ……！」

小鮎が顔をのけぞらせて喘ぎ、すっかり快感に専念しはじめたようだった。

祐二郎もチロチロとオサネを弾くように舐め回し、指を挿し入れ、小刻みに内壁をこすってやった。

さらに肛門にも浅く指を入れて蠢かすと、

「あぁッ……、駄目です……、気持ち良すぎて、変になりそう……」

小鮎がガクガクと腰を跳ね上げ、大量の淫水を漏らして喘いだ。

やがて気を遣る寸前で、彼は前後の穴から指を引き抜いてやり、ヌメリを舐め取ってから股間を離れて添い寝していった。

腕枕してもらうと、彼女も祐二郎の顔を胸に抱き、ハアハア息を弾ませて言った。

「お嫁に行ったら、こんなことしてもらえるのでしょうか……」

「それは、小鮎次第だよ。小鮎に惚《ほ》れていて、うまく手綱を締めていけば、思い通りの男になってくれるだろう」

「ええ……」

「お嫁の話があるのかい？」

「何となく、おとっつあんが、古着屋の誰々はどうかとか、八百屋《やおや》の息子はどうかなんて訊いてくるから、本気で探しはじめているのかも」

「そうか、何事も最初が肝腎《かんじん》だからな」

祐二郎は、いっぱしのことを言いながら桜色の乳首に吸い付いていった。そして小鮎が嫁に行くことを思うと、やはり少し寂しい気持ちになった。

一緒にはなれない癖《くせ》に、常に自分だけのものでいて欲しいと思うのも、我《わ》が儘《まま》なものだった。

「あん……」

小鮎が声を上げ、また身をくねらせて反応した。

祐二郎はのしかかり、左右の乳首を交互に吸っては舌で転がし、もちろん腋の下にも顔を埋め込み、和毛《にこげ》に籠もった可愛《かわい》らしい汗の匂いを嗅いだ。

甘ったるい体臭に包まれると、もう我慢できなくなり、彼は仰向けになって小鮎を上にさせた。

彼女も心得、祐二郎の左右の乳首を舐め回し、そっと噛んでくれ、やがて股間に顔を迫らせてきた。先端を含み、熱い鼻息で恥毛をくすぐりながら舌をからめ、喉の奥までスッポリと呑み込んでくれた。

「ああ……」

祐二郎は快感に呻《うめ》き、美少女の清らかな唾液にまみれながら一物を震わせた。

小鮎はスポンと口を引き抜き、ふぐりも念入りに舐め回してくれた。

やがて彼は小鮎の手を引いて引っ張り、一物に跨らせた。

「お嫁に行ったら、旦那を上にしないといけないよ」

「分かってます。でも変だわ。お武家様に跨っていいのに、町人の旦那さんは跨いじゃいけないのね」

小鮎は言いながらも、唾液に濡れた先端を陰戸に受け入れ、あとは黙って腰を沈み込ませてきた。

「あう……」

深々と貫《つらぬ》かれると、小鮎は小さく呻いて硬直し、熱く濡れた膣内でモグモグと味わうように肉棒を締め付けてきた。

祐二郎も股間に美少女の重みと温もりを感じ、中でヒクヒクと幹を震わせながら彼女を抱き寄せていった。身を重ねると、すぐ近くにかぐわしい美少女の口があり、彼は舌をからめた。

ネットリと生温かな唾液に濡れた舌を味わい、甘酸っぱい果実臭の息に酔いしれながらズンズンと股間を突き上げると、

「ンン……」

小鮎が熱く呻きながら、動きに合わせて腰を使ってきた。

さらに祐二郎は美少女の口に鼻を押し込み、濃厚な匂いで鼻腔を満たし、鼻の穴を舐めてもらった。

「もっと唾を、顔中に……」

せがみながら股間の突き上げを激しくさせると、小鮎もヌラヌラと彼の顔中を舐め回し、唾液にまみれさせてくれながら膣内を締め付けてきた。

「アア……、き、気持ちいい……！」

小鮎が声を震わせて言い、祐二郎も勢いを付けて律動を続けた。

大量に溢れるヌメリが、動きに合わせてクチュクチュと鳴り、たちまち祐二郎は大きな絶頂の渦に巻き込まれてしまった。

「く……！」

突き上がる快感に呻き、彼がありったけの熱い精汁を勢いよくほとばしらせると、

「い、いく……、アアーッ……！」

小鮎も激しく声を上げ、がくんがくんと狂おしい痙攣を開始し、膣内の収縮も最高潮にさせた。

どうやら本格的に気を遣ってしまい、美少女は彼の上で乱れに乱れた。

祐二郎も興奮が去らず、最後の一滴まで出し切っても、なお勃起が治まるまで律動を繰り返し続けた。

「も、もう堪忍《かんにん》……」

やがて小鮎が降参するように言い、硬直した肌をヒクヒクと波打たせた。

ようやく動きを止め、祐二郎はすっかり満足して力を抜き、美少女の甘酸っぱい息で胸を満たしながら余韻を味わった。

徐々に彼女も肌の強ばりを解いてゆき、グッタリとなって彼にもたれかかってきた。

まだ膣内はキュッキュッと収縮を続け、刺激された肉棒が過敏にピクンと内部で跳ね上がった。

「あん……」

天井を擦られて小鮎が声を上げ、キュッと締め付けてきた。

「すごかったわ……、今までで、一番気持ち良かったです……」

小鮎が、自身に芽生えた感覚に戦《おのの》くように、声を震わせて言った。

「これから、もっともっと良くなるよ……」

祐二郎も、呼吸を整えながら答えた。

「祐二郎様に、もっともっとして欲しいです……」

「ああ、すぐお嫁に行くわけではないだろうから、まだ何度も出来るよ。私も、近いからいつでもこちらへ顔を出すし」

祐二郎は答え、自分の手で開発し成長させてきた美少女を愛しく思うのだった。

三

「この間、島村家と塩見家から、贈り物が届きました」

いつもの待合いで、綾乃が祐二郎に言った。そろそろ、夫婦になる前に会うのもこれが最後ぐらいになるだろう。

「そうですか。詫《わ》びのつもりなのですね」

「ええ、それにお礼も。切腹を免《まぬか》れ、大変な仕事とはいえ寄せ場の差配という役職も貰《もら》えたのですからね」

綾乃が言い、祐二郎も頷《うなず》いた。

あの二人が山葉家へ詫びに来ないのは、間もなく祐二郎が滝田家へ入るのだし、まだ格下のものには詫びたくないという、切羽詰《せっぱつ》まったところでのこだわりがあるのだろう。

もちろん祐二郎は、とうに上下のこだわりなど無くなっているので、特に気にするものではなかった。

「それにしても、礼さんと三人のときは楽しくて気持ち良かったです」

綾乃が、徐々に淫《みだ》らな方へと話を変えてきた。

「ええ、そうですね」

「礼さんは、実に不思議な方ね。あの人と祐二郎さんが何をしても、悋気《りんき》が湧きませんでした。むしろ、二人がかりで祐二郎さんを気持ち良くさせるのが、楽しくてならなかったのです」

綾乃が言う。

それも、目の前で行なったから平気なのだろう。綾乃の知らないところで、こっそり祐二郎が礼に会うのは、やはり穏やかでないに違いない。

やがて話を打ち切り、綾乃が立ち上がって帯を解きはじめた。

祐二郎も大小を置き、手早く袴《はかま》と着物を脱いでいった。これから共に暮らし、飽きるほど情交できるというのに、やはり今は新鮮な淫気に見舞われ、彼も期待と興奮に激しく勃起してきた。

先に全裸になった祐二郎は、布団に仰向けになって待った。

綾乃も、すぐに腰巻まで取り去り、一糸まとわぬ姿になって彼に向き直った。

「どうか、ここへお座り下さい」

祐二郎は、自分の下腹を指して言った。

「そんな、旦那様に跨って座るなど……」

「ですから、まだそうではないので、今日は独り身同士の最後ということで、どうかまた呼び捨てにしてくださいませ」

ためらう綾乃に言うと、やがて彼女も近づき、祐二郎の腹に跨り、腰を下ろしてきた。

まだほんのりしか湿っていない陰戸が下腹に密着し、彼女は祐二郎が立てた両膝に寄りかかった。

祐二郎が両足を引っ張ると、綾乃もためらいなく足裏を彼の顔に乗せてきた。

「ああ……」

顔と腹にお嬢様の全体重を受け止めながら、彼は陶然と声を洩らした。

足裏に舌を這わせ、指の股に鼻を割り込ませると、やはり今日もそこは汗と脂に湿り、蒸れた芳香が濃く籠もっていた。

祐二郎は美女の足の匂いを貪り、爪先にしゃぶりついて、順々に指の間に舌を割り込ませて味わった。

「アアッ……、くすぐったいわ……」

綾乃がクネクネと腰をよじらせて喘ぎ、腹に密着している陰戸のヌメリが徐々に伝わってきた。

「足は、もういいわ……」

「では、どうかお好きなように命じてください」

言うと、彼女は自分から腰を上げて前進し、祐二郎の顔に跨り、しゃがみ込んで陰戸を迫らせてきた。

「お舐め、祐二郎……」

綾乃が言うと、彼はゾクゾクと胸を震わせながら、柔らかな茂みに鼻を埋め込んでいった。隅々には、甘ったるい汗の匂いが馥郁と籠もり、下の方にはゆばりの刺激も悩ましく混じっていた。

そして何度も吸い込んで美女の体臭を嗅ぎ、舌を這わせていくと、すぐにも淡い酸味の蜜汁が溢れてきた。

「アア……、いい気持ち……、もっと……」

綾乃がうっとりと喘ぎ、次第に遠慮なく彼の顔に体重をかけて座り込んできた。

祐二郎は味と匂いを堪能してから、白く丸い尻の真下にも潜り込み、顔中を双丘に密着させて、蕾に籠もる秘めやかな微香を貪った。

充分に匂いを嗅いでから舌先でチロチロと蕾を舐め、震える襞が濡れるとヌルッと潜り込ませた。

「く……、変な感じ……」

綾乃が肛門で彼の舌先を締め付けながら呻き、新たな淫水も漏らしてきた。

祐二郎は充分に滑らかな粘膜を味わい、再び陰戸に舌を戻し、礼に教わったオサネの下の柔肉を重点的に舐めた。

「あうう……、そこ、感じるわ……」

綾乃が呻きながら口走り、さらにグイグイと強く彼の口にこすりつけてきた。

祐二郎も、心地良い窒息感《ちっそく》の中で、懸命に舌を動かして彼女の弱い部分を攻めたが、やがて綾乃は気を遣ってしまう前に股間を引き離した。

そして添い寝し、上から覆《おお》い被さるように顔を迫らせてきた。

「顔中、私のお汁でヌルヌルだわ……」

彼女はかぐわしい息で囁くと、淫水に濡れた祐二郎の鼻の頭から頬までペロペロと舐め回してくれた。

「ああ……」

祐二郎は喘ぎながら、甘酸っぱい果実臭の籠もる美女の口の中に鼻を押し込んで嗅ぎ、その刺激に益々《ますます》硬く勃起していった。

綾乃も、すっかり彼の性癖は承知するようになったから、恥ずかしいのを我慢して、好きなだけ熱く湿り気ある息を吐きかけて嗅がせてくれた。

祐二郎は、このまま美女の口に呑み込まれたい衝動に駆られながら、息の匂いで胸をいっぱいに満たし、やがて唇を重ねていった。

舌をからめると、綾乃の舌も滑らかに蠢いた。

「ンン……」

彼女は熱く鼻を鳴らして呻き、これも彼の性癖を満たすため、ことさら大量にトロトロと生温かな唾液を注ぎ込んでくれた。

祐二郎も、ネットリとした小泡の多い粘液を味わい、うっとりと飲み込んで心ゆくまで喉を潤した。

ようやく唇を離すと、綾乃も礼に教わったように、彼の頬を舐めて移動し、耳朶《みみたぶ》をキュッと噛んでくれた。さらに耳の穴に舌先を入れてクチュクチュと蠢かせ、首筋を舐め下りて乳首に吸い付いてきた。

これも、言わなくてもキュッと噛んでくれ、左右の乳首を充分に愛撫してくれた。

さらに熱い息で肌をくすぐりながら舐め下り、やがて股間に顔を寄せてきた。

先にふぐりに舌を這わせ、二つの睾丸を転がし、袋全体を温かな唾液にまみれさせてから、肉棒の裏側を舐め上げ、鈴口から滲む粘液もすすってくれた。

「ああ……、気持ちいい……」

祐二郎は快感に喘ぎ、ヒクヒクと幹を上下させた。

それも、たちまち綾乃の口にパクッと捉えられ、張りつめた亀頭が強く吸われ、さらに喉の奥までモグモグと呑み込まれていった。

美女の口の中は温かく濡れ、舌が艶めかしく蠢き、祐二郎自身は美女の清らかな唾液にどっぷりと浸り込んだ。

「ンン……」

綾乃は熱く鼻を鳴らしながら顔中を小刻みに上下させ、濡れた口ですぽすぽと強烈な摩擦を開始してくれた。

彼は、まるで全身が美女のかぐわしい口に含まれ、舌で転がされているような快感に包まれ、急激に絶頂が迫ってきた。

「ど、どうか、もう……」

いよいよ危うくなると、祐二郎は降参して言った。綾乃もスポンと口を引き離して身を起こし、そのまま唾液に濡れた一物に跨ってきた。先端を膣口にあてがい、息を詰めてゆっくりと腰を沈めた。

張りつめた亀頭がヌルッと潜り込むと、

「アア……」

綾乃は顔をのけぞらせて喘ぎ、滑らかに根元まで受け入れて股間を密着させた。

祐二郎も、心地良い肉襞の摩擦と温もり、きつい締め付けに包まれながら暴発を堪え、股間に彼女の重みを受け止めた。

中は熱く濡れ、動かなくてもキュッキュッとくわえ込むような収縮が繰り返された。

「いい気持ち……」

綾乃がうっとりと言い、何度か股間を動かしてから身を重ねてきた。

祐二郎も抱き留め、顔を上げて左右の乳首を交互に含み、舌で転がした。どちらも乳首はツンと突き立ち、舌の圧迫を弾き返すようだった。

さらに腋の下にも顔を潜り込ませ、和毛に鼻をこすりつけて、ジットリ汗ばんで甘ったるい体臭を吸い込んだ。

「ああ……、駄目、くすぐったいわ……」

綾乃は言い、身をくねらせながら、徐々に腰を使いはじめてきた。

祐二郎も下から抱きつきながら、股間を突き上げて動きを合わせていった。大量に溢れる淫水が互いの動きを滑らかにさせ、クチュクチュと湿った摩擦音が響いて、彼のふぐりまで温かく濡らしてきた。

彼は首筋を舐め上げ、唇を重ねていった。

舌をからめ、甘酸っぱい芳香の息と、生温かくトロリとした唾液を心ゆくまで味わいながら、彼は絶頂を迎えてしまった。

「く……！」

突き上がる快感に呻き、熱い大量の精汁をドクドクと内部に噴出させると、

「あう……、気持ちいい……、いく、アアーッ……！」

深い部分を直撃され、綾乃も上ずった声で口走るなり激しく気を遣った。

彼女が狂おしく身悶え、膣内を収縮させると、祐二郎は心おきなく最後の一滴まで出し尽くし、すっかり満足して動きを弱めていった。

「ああ……、なんて、いい気持ち……」

綾乃も満足げに吐息混じりに言い、硬直を解きながらグッタリともたれかかってきた。

祐二郎は、果実臭の口に鼻を押しつけ、美女の息を嗅ぎながらうっとりと快感の余韻を嚙み締め、力を抜いていった。

四

「情交がこんなに良いものだなんて、思っていなかったわ……」

祐二郎に股間を拭いてもらいながら綾乃が言った。するごとに快感が増すので、どうにも止められなくなっているようだ。

しかも、激情が過ぎ去っても彼女はお嬢様然とした態度を崩さず、次第に我が儘な本性も現わしはじめていた。

「祐二郎。そこ、もっと擦って……」

綾乃が言い、祐二郎も甲斐甲斐《かいがい》しく陰唇の内側まで桜紙を這わせて拭ってやった。

もちろん夫婦になれば、彼女も人前では節度をわきまえるだろうし、二人のときはむしろぞんざいに扱われる方が祐二郎も興奮した。

やがて互いの股間の処理を終えると、祐二郎は淫気を回復させ、再び仰向けになり、彼女に顔を跨いでもらった。

「どうか、ゆばりを……」

真下から言うと、綾乃もすぐ下腹に力を入れてくれた。

「いいの？　井戸端じゃないから、こぼすわけにいかないのよ」

「ええ、どうぞ」

言うと、綾乃も唇を引き結んで力み、割れ目内部の柔肉を迫り出すように盛り上げた。

舌を這わせると、最初のうちは淡い酸味の蜜汁が満ちていたが、次第に温もりが増し、急に味わいが変化してきた。

「アア……、出る……、こぼさないで……」

綾乃が喘ぎながら言うと、ポタポタと滴《したた》ってきた黄金水が、見る見るチョロチョロとした一条の流れとなって彼の口に注がれた。

祐二郎は口に受け止め、味や匂いを堪能する余裕もなく喉に流し込んだ。噎せないよう注意したが、綾乃の方もなるべく勢いを制してくれていた。

彼は激しく回復しながら飲み込み、一瞬放尿の勢いが増して最高潮になったが、何とかこぼさず受け入れるうち、すぐに弱まってきた。

あとは点々と滴るだけとなり、それを舌に受けながら内部を舐め回し、余りの雫《しずく》を丁寧にすすった。

すると新たな淡い酸味の蜜汁が大量に湧き出し、

「アアッ……！」

綾乃も、もう一度気を遣らねば済まないほど高まって喘いだ。

祐二郎も、彼女の弱い部分、オサネの下部と奥の柔肉を執拗に舐め回した。

「い、いいわ……、またいきそう……、もう一度入れるわ……」

彼女は声を震わせて言うなり、自ら股間を浮かせて移動し、再び屹立した肉棒を受け入れて座り込んできた。

一つになると、綾乃はすぐにも激しく腰を使いはじめた。

「綾乃様、唾を……」

祐二郎も高まりに合わせてせがみ、彼女が垂らしてくれる唾液を飲み込みながら股間を突き上げた。

「顔中にも、強く吐きかけてくださいませ……」

「そんなことをされたいの？　いいわ。こう？」

言うと、綾乃は形良い唇をすぼめ、白っぽく小泡の多い唾液を思いきりペッと彼の顔に吐きかけてくれた。

「アア……」

甘酸っぱい一陣の息とともに、生温かな粘液の固まりが鼻筋を濡らし、頬の丸みを伝い流れた。

「ああ、こんなはしたないことをさせるなんて……、しかも、間もなく旦那様になる人のお顔に……」

綾乃は言いながらも、やはりしてはいけない行為に激しい興奮を覚え、大量の淫水を漏らしてきた。祐二郎も淫気を高め、美女の唾液と吐息を心ゆくまで受け止めながら、二度目の絶頂に達してしまった。

「い、いく……、ああッ……！」

祐二郎が股間を突き上げながら喘ぐと、同時にありったけの精汁が柔肉の奥にほとばしった。

「き、気持ちいいわ……、アアーッ……！」

綾乃もたちまち気を遣ってしまい、がくんがくんと狂おしい痙攣を開始し、膣内を収縮させ続けたのだった……。

——待合いを出て綾乃と別れた祐二郎は、また小川町を訪ねると、今日は玄庵も在宅していた。

「やあ、間もなくだな」

「はい、おかげさまで……」

大刀を置いて縁側に座ると、礼が茶を持ってきてくれた。

「どんな気持ちだ」

「はあ、緊張してます。でも今までは、あれほど養子先を求めていたのに、こうなってしまうと、今までの暮らしの方が気楽に思えて」

「それはそうだよ。これからは責任が伴うしな、滝田殿は良い人だからまだ楽だろうが、男と女は共に暮らすと変わってくる」

「どのように変わりますか」

「まず、身近すぎるから、愛着は湧くが淫気が薄れる。逆に女は、良さを知るからしつこく求めてくるようになる」

「ははあ……」

玄庵の意見は、実に的確だと思った。

「何が一番大事なのでしょう……」

「男と女に関しては、距離感とでも言うかな。近すぎず遠すぎず、という間柄が最も幸せだろう」

「確かに……」

「同じ屋根の下で四六時中暮らすと、次第に飽きてくる。身勝手と言われればそれまでだが、儂もこうして、何かと口実をもうけては江戸に滞在し、女房の待つ小田浜には帰りとうない」

「たまにお会いになる分には良いのでは？」

「いや、儂は女房がこの世で一番嫌いだ。うっかり若気の淫気で手を出してしまったのが運の尽き。嫉妬《しっと》深くて口やかましく、子供を独占する最低の女だ」

「そ、そうなのですか……」

祐二郎は驚いた。物分かりが良く穏やかな玄庵なら、きっと優しい妻女が居るだろうと思っていたのだ。

「まあ、儂のことはどうでも良い。とかく、良家のお嬢様ほど、見かけは綺麗で躾《しつけ》正しく見えても、次第に我が儘を表に出してくるから気をつけろよ」

「はあ……」

言われて、祐二郎は今日の綾乃の様子を思い出した。

確かに、自分本位の快楽を貪欲に求めはじめてきたようだ。まあ、それを教えたのは自分なのだから仕方がない。

今の気持ちとしては、嬉しいのが六、取り止めたいのが四ぐらいだった。もちろんここまできて止めることは不可能である。

あとは、稀《まれ》な良縁を嚙み締め、少しでも多く自分の楽しみと喜びを増やし、雪絵や小鮎などとの情交は、もう諦めるしかないのだろう。というより、他の女と交わることの方が道に外れているのである。

「では、私はこれにて失礼いたします」

「ああ、ではまた婚儀で会おう」

祐二郎が茶を飲み干し、縁側から立って言うと、玄庵が言った。無論のこと義行と懇意の玄庵も婚儀には出席するのである。

やがて祐二郎は番町に向かい、神社の境内《けいだい》を横切った。

と、そこで彼は、重吾と周三に出会ったのである。今日は寄せ場の仕事が早じまいだったのかも知れない。

「山葉……、今までのこと、済まぬ……」

重吾が言い、周三も沈痛な面持《おもも》ちで頭を下げた。髷《まげ》は、何とか生え揃《そろ》うまで、切断されたものをうまく繋げて取り繕っているようだ。

「あ、いえ……」

「おぬしが正式に滝田家の者になったら、そのときから言葉も改めて挨拶に参上する」

「どうか、お気遣いなく」

二人にはすでに害意も殺気もないので、祐二郎は頭を下げて言った。

「では、またいずれ」

二人は言い、黙礼して立ち去っていった。それを見送り、祐二郎はほっと肩の力を抜いて、やがて家へ帰っていったのだった。

五

「いよいよ明日ですね」

夜半、雪絵が離れに来て祐二郎に言った。彼女は寝巻姿で、手桶《ておけ》を持っていた。

とうとう明日が結納であり、両親も兄も前祝いの晩酌《ばんしゃく》で早寝してしまったようだ。

もちろん仕度も万全に整い、山葉家の誰もが浮かれ気味だった。

「はい。義姉《あね》上には大変にお世話になりました」

祐二郎も、寝巻に着替えたところだった。

「義姉上、その手桶は?」

「実は、ここのところしきりに生唾が湧くのです。飲み込むのが追いつかないほどで、枕元にはいつでも吐き出せるようこれを置いています。それに急に蜜柑《みかん》が欲しくなったり、食べ物の好みも微妙に変わってきました」

「では……」

「ええ、どうやら孕《はら》んだようです」

雪絵が、笑みを含んで答えた。

「本当ですか……、それは、おめでとうございます」

言ったものの、やはり彼は複雑な心境だった。

時期からして、雪絵と最初に交わった頃だろうか。それなら、洋之進と交わったときの子という可能性もある。

まあ、どちらにしろ兄の子として育てられることには間違いないし、それに疑問を感じるものは誰もいないのだった。

「どうも有難う。祐二郎さんのおかげです。これが本当に孕んだのであれば、あとは旦那様の子として大切に育てますので、祐二郎さんとの関係は、今宵《こよい》を最後とさせていただきますね」

「承知いたしました。こちらこそ、有難うございました」

孕んだのなら、もう情交する必要もないだろうが、やはり雪絵も彼により最上級の快楽に目覚めてしまったのだ。間もなく祐二郎もこの家を出ることだし、名残を惜しんで求めてきたのだろう。

「では、今日は何でも祐二郎さんの好きなようにして差し上げますからね」

雪絵は言い、帯を解いて寝巻を脱ぎ去った。すでに下には何も着けておらず、たちまちのうちに一糸まとわぬ姿になった。

祐二郎も手早く寝巻と下帯を脱ぎ、全裸になって布団に横たわった。

「では、どうか足から……。義姉上は立って、私の顔に足を載せてくださいませ」

彼は激しく勃起しながら言った。

「まあ、五千石の旗本を継ぐお方を踏むのですか……」

「ええ、まだそうなっていませんので、どうか今宵を最後に」

言うと、雪絵も好奇心に目をキラキラさせ、全裸のまま彼の顔の横に立った。今までも無垢《むく》だった義弟の好きにさせ、自分も大きな快楽を開発させてきたので、断わる理由もないのだろう。

やがて祐二郎の顔に、そっと兄嫁の足裏が触れてきた。

彼は、自分にとって生涯忘れられぬ最初の女の温もりを受け止め、足裏に舌を這わせながら、指の股に鼻を割り込ませて嗅いだ。そこは汗と脂にジットリと湿り、蒸れた芳香を濃く籠もらせていた。

「あん……、くすぐったい……」

足裏を舐められた雪絵は壁に手を突き、ふらつく身体を支えながら喘いだ。

祐二郎は爪先にもしゃぶり付き、桜色の爪を噛み、全ての指の股にヌルッと舌を割り込ませて味わった。

雪絵も、次第に大胆に彼の口に爪先を突っ込み、唾液に濡れた指を縮めた。

そして足を交替してもらい、祐二郎は新鮮な味と匂いを貪ってから、顔に跨らせ、兄嫁をしゃがみ込ませた。

「アア……、恥ずかしいわ……」

厠《かわや》にしゃがむ格好になり、雪絵は息を弾ませながらも、濡れた陰戸を彼の鼻先に突きつけてきた。

やはり離れへ来たときから、いや、来ようと思ったときから期待と興奮に熟れた花弁は熱い蜜汁を溢れさせていたのだろう。

彼は下から豊満な腰を抱き寄せ、黒々とした柔らかな茂みに鼻を埋め込んでいった。

隅々には、汗とゆばりの混じった匂いが濃厚に籠もり、その刺激が胸に沁み込み、一物にまで伝わっていった。

舌を這わせると、淡い酸味の淫水が溢れてきた。

祐二郎は襞《ひだ》が入り組んで息づく膣口をクチュクチュと舐め回し、この奥に自分の胤《たね》が息づいているかも知れないと思った。

そして滑らかな柔肉をたどり、オサネまで舐め上げていくと、

「ああッ……、いい気持ち……！」

雪絵がビクッと内腿を震わせ、声を上ずらせて喘いだ。

彼がチロチロとオサネを舐めると、張りつめた白い下腹もヒクヒクと波打ち、さらにネットリとした蜜汁が滴ってきた。

もちろん豊かな尻の真下にも顔を潜り込ませ、ひんやりした丸みを顔中に受け止め

ながら、谷間の蕾に鼻を押しつけていった。秘めやかな微香を嗅いでから、舌先でチロチロと肛門を舐め、震える襞を濡らしてからヌルッと舌先を押し込んだ。

「く……、あ、あちらのお嬢様に、こんなことしてはいけませんよ……」

雪絵は息を詰めて呻き、モグモグと肛門で彼の舌を締め付けながら言った。

祐二郎は少しでも奥まで舐めようと舌を押し込んで蠢かすと、鼻先に密着した陰戸からは、新たな淫水がヌラヌラと溢れてきた。

充分に味わってから、祐二郎は舌を引き抜き、再び陰戸を舐めてヌメリをすすり、オサネに吸い付いていった。

「あうう……、もう駄目、いきそう……」

雪絵がビクッと股間を浮かせて言い、傍らに横になっていった。

祐二郎も這い上がって添い寝し、白い乳房に顔を埋め込んだ。色づいた乳首を含んで舌で転がし、左右とも交互に吸って愛撫した。顔を埋め込むと、柔らかな膨らみに包み込まれ、甘ったるい体臭が漂った。

兄嫁の匂いを感じるのも、今宵が最後かも知れない。

さらに腋の下にも顔を埋め、色っぽい腋毛に鼻をこすりつけ、生ぬるく甘ったるい汗の匂いを胸に刻みつけた。

「わ、私にも、しゃぶらせて……」

雪絵が大胆に求め、仰向けになった。

祐二郎も身を起こし、初めて兄嫁の胸に跨り、乳房の谷間に一物を挟みつけた。そして前屈みになって手を突き、先端を彼女の口に突きつけたのだ。

「ンンッ……！」

雪絵は顔を上げ、亀頭を含んで舌をからめ、熱い鼻息で恥毛をくすぐってきた。

祐二郎は、さらに喉の奥まで押し込み、兄嫁の温かな唾液にまみれながら、口の中でヒクヒクと幹を震わせた。

彼女も息を弾ませてしゃぶり、さらにスポンと口を離し、ふぐりにまで満遍《まんべん》なく舌を這わせ、二つの睾丸を転がしてくれた。

「ああ……、お願い、入れて……」

やがて口を離し、雪絵が喘ぎながらせがんできた。

「やはり義姉上が上にどうぞ。お腹に重みをかけるわけに参りませんので」

祐二郎は言い、再び仰向けになると、彼女も入れ替わりに身を起こしてきた。

そしてためらいなく、豊かな乳房を揺らして彼の一物に跨り、唾液に濡れた先端を熟れた柔肉に押し当てていった。

「アアッ……！」

張りつめた亀頭がヌルッと潜り込むと、雪絵が熱く喘ぎ、あとは滑らかに根元まで深々と受け入れていった。祐二郎も、肉襞の摩擦に酔いしれ、熱いほどの温もりに包まれて締め付けられながら、危うく暴発しそうになるのを堪えた。

雪絵は完全に座り込んで股間を密着させ、モグモグと味わうような収縮を繰り返しながら、やがて身を重ねてきた。

祐二郎も下から抱き留め、兄嫁のかぐわしい口を求め、鼻を押しつけていった。

いつもの、白粉《おしろい》のような甘い匂いに、ほんのり熟れた果実のように甘酸っぱい匂いも混じっていた。これも懐妊による微妙な変化なのかも知れない。

「義姉上、唾が飲みたい……」

「沢山出てしまいそう……」

「構いません。どうか……」

言いながら唇を重ねると、雪絵もトロトロと小泡の多い粘液を注ぎ込んできてくれた。

それは生温かく、うっすらと甘い味がした。さすがに手桶を持ってきただけあり、その量は半端ではなく、後から後から溢れてきた。

祐二郎は嬉々として飲み込みながら、ズンズンと股間を突き上げはじめた。

「アア……、気持ちいい……」

雪絵は淫らに唾液の糸を引いて、口を離して喘いだ。そして自分も突き上げに合わせて腰を動かしはじめ、何度となく肉棒をキュッときつく締め付けてきた。

さらに祐二郎が、濡れた口に顔中をこすりつけると、雪絵も舌を這わせてくれた。

彼の鼻の穴から頬、額《ひたい》まで、舐めるというより大量に溢れる唾液を舌で塗りつける感じだった。

「い、いく……、ああッ……！」

祐二郎は、美しい兄嫁の清らかな唾液で顔中ヌラヌラとまみれ、悩ましい匂いに包まれながら絶頂に達してしまった。突き上がる大きな快感に喘ぐと同時に、熱い大量の精汁がドクドクと勢いよく内部にほとばしった。

「あ、熱いわ。もっと……、アアーッ……！」

噴出を受け止めると同時に、雪絵も激しく気を遣って喘いだ。

祐二郎は、収縮する膣内に心おきなく最後の一滴まで出し尽くし、すっかり満足して徐々に動きを弱めていった。

「アア……、良かったわ、祐二郎さん……」

雪絵も満足げに吐息混じりに言い、徐々に熟れ肌の強《こわ》ばりを解いて、グッタリと彼にもたれかかってきた。

祐二郎は、大好きな兄嫁の匂いと温もりの中で、うっとりと快感の余韻を嚙み締めたのだった……。

一〇〇字書評

切り取り線

購買動機（新聞、雑誌名を記入するか、あるいは○をつけてください）	
□（　　　　　　　　　）の広告を見て	
□（　　　　　　　　　）の書評を見て	
□ 知人のすすめで	□ タイトルに惹かれて
□ カバーが良かったから	□ 内容が面白そうだから
□ 好きな作家だから	□ 好きな分野の本だから

・最近、最も感銘を受けた作品名をお書き下さい

・あなたのお好きな作家名をお書き下さい

・その他、ご要望がありましたらお書き下さい

住所	〒				
氏名		職業		年齢	
Eメール	※ 携帯には配信できません	新刊情報等のメール配信を 希望する・しない			

この本の感想を、編集部までお寄せいただけたらありがたく存じます。今後の企画の参考にさせていただきます。Eメールでも結構です。

いただいた「一〇〇字書評」は、新聞・雑誌等に紹介させていただくことがあります。その場合はお礼として特製図書カードを差し上げます。

前ページの原稿用紙に書評をお書きの上、切り取り、左記までお送り下さい。宛先の住所は不要です。

なお、ご記入いただいたお名前、ご住所等は、書評紹介の事前了解、謝礼のお届けのためだけに利用し、そのほかの目的のために利用することはありません。

〒一〇一-八七〇一
祥伝社文庫編集長　坂口芳和
電話　〇三（三二六五）二〇八〇

祥伝社ホームページの「ブックレビュー」からも、書き込めます。
http://www.shodensha.co.jp/bookreview/

祥伝社文庫

うるほひ指南《しなん》

平成23年10月20日　初版第1刷発行

著　者　睦月影郎《むつきかげろう》

発行者　竹内和芳

発行所　祥伝社《しようでんしや》

東京都千代田区神田神保町3-3

〒101-8701

電話　03（3265）2081（販売部）

電話　03（3265）2080（編集部）

電話　03（3265）3622（業務部）

http://www.shodensha.co.jp/

印刷所　萩原印刷

製本所　積信堂

カバーフォーマットデザイン　中原達治

Printed in Japan ©2011, Kagerou Mutsuki ISBN978-4-396-33719-3 C0193